独·立·文·丛

独立文丛

赵宏兴◎著

梦见与叙事

雨水的冷清里，你是温暖的，我抬起头来，贴着你的旅途，听车轮滚动的声音，如手指敲击出钢琴的旋律。

北京工业大学出版社

图书在版编目（CIP）数据

　　梦见与叙事 / 赵宏兴著 . —北京：北京工业大学
出版社，2012.4（2022.3 重印）

　　（独立文丛）

　　ISBN 978 - 7 - 5639 - 3053 - 1

　　Ⅰ . ①梦… Ⅱ . ①赵… Ⅲ . ①散文集—中国—当代

Ⅳ . ①I267

　　中国版本图书馆 CIP 数据核字（2012）第 056658 号

梦见与叙事

著　　者：赵宏兴

责任编辑：李　华

封面设计：晴晨工作室

出版发行：北京工业大学出版社

　　　　　　（北京市朝阳区平乐园 100 号　　100124）

　　　　　　010 - 67391722（传真）　　bgdcbs@ sina. com

经销单位：全国各地新华书店

承印单位：三河市燕春印务有限公司

开　　本：710 毫米 × 1000 毫米　　1/16

印　　张：13

字　　数：213 千字

版　　次：2012 年 4 月第 1 版

印　　次：2022 年 3 月第 2 次印刷

标准书号：ISBN 978 - 7 - 5639 - 3053 - 1

定　　价：45. 00 元

《独立文丛》总序

　　收到高维生发来的 10 卷《独立文丛》电子版，我躲在峨眉山七里坪连续阅读了三天。三天的白天都是阴雨，三天的夜晚却是星光熠熠。我在山林散步，回想起散文和散文家们的缤纷意象，不是雾，而是山径一般的韵致。

　　高维生宛如一架扛起白山黑水的虎骨，把那些消匿于历史风尘的往事，用一个翻身绽放出来；杨献平多年置身大漠，他的叙述绵密而奇异，犹如流沙泻地，他还具有一种踏沙无痕的功夫；赵宏兴老到而沉稳，他的散文恰是他生活的底牌；诗人马永波不习惯所谓"大散文"语境，他没有绕开事物直上高台红光满面地发表指示的习惯，他也没有让自己的情感像黄河那样越流越高，让那些"疑似泪水"的物质悬空泛滥，他不像那些高深的学者那样术语遍地、撒豆成兵，他的散文让日益隔膜的事物得以归位，让乍乍呼呼的玄论回到了常识，让散文回到了散文；盛文强是一条在齐鲁半岛上漫步的鱼精，他总是苦思着桑田之前的沧海波浪，并秘密地营造着自己的反叛巢穴……

　　一度清晰的概念反而变得晦暗，游弋之间，一些念头却像暗生植物一样举起了手，在一个陡峭的转喻地带扶了我一把。伸手一看，手臂上留下了六根指头的印痕……这样，我就记录下阅读过程中的一些问题。

散文性 \ 诗性

　　伴随着洪水般的无孔不入的现代思朝，一切要求似乎都是合理的，现代世界逐渐地从诗性转变为黑格尔所说的散文性，不再有宏大与辉煌，只有俗人没有英雄，只有艳歌没有诗歌，最终导致生活丧失了意义。

　　一方面，这种"散文时代"的美学氛围具有一种致命的空虚，它遮蔽了诗性、价值向量、独立精神，散文性的肉身在莱卡的加盟下华丽无垢；另外一方面，这种散文性其实具有一种大地气质。吊诡之处在于，大地总是缺乏诗性，缺乏诗性所需要的飘摇、反转、冲刺、异军突起和历险。也可以说，诗性是人们对大地的一种乌托邦设置；而找不到回家之路的大地，就具有最本真的散文性，看似无心的天地造化，仔细留意，却发现是出于某种安排。黑格尔曾断言："中国人没有自己的史诗，因为他们的观察方式基本上是散文性的。"这是特指东方民族没有史诗情结，它道明了实质，让思想、情感随大地的颠簸而震荡，该归于大地的归于大地，该赋予羽翅的赋予羽翅，一面飞起来的大地与翅下的世界平行而居，相对而生。

因为从美学角度而言，散文性就是诗性的反面。所以，我不同意为"散文性"注入大剂量的异质元素而彻底改变词性，尽管这一针对词语的目的是希望使之成为散文的律法。这样做不但矮化了"诗性"本身，把诗性降低到诗歌的地域。问一问命名"诗性"为人类智慧斗拱石的维科先生吧，估计他不会同意这种移花接木。在我看来，这不过是一种散文的外道之言。

诗性是以智慧整合、贯穿人类的文学形态。作为人类文学精神的共同原型，诗性概念属于本体论的范畴。回到诗性即是回到智慧，回到文学精神的本原。作为对感性与理性二元对立的超越努力，诗性是对于文学的本体论思考，"它也是一种超历史、超文化的生命理想境界，任何企图对文学的本性进行终极追问和价值判断的思维路径都不能不在诗性面前接受检验。"（王进《论诗性的本体论意义》，《吉林师范大学学报（人文社会科学版）》2005 年 4 期）在此意义上生发的诗性精神是指出自于原初的、抒发情感的元精神。

我认为，在现存汉语写作谱系下，诗性大于诗意，诗性高于诗格。诗性是诗、思、人的三位一体。这同样也是散文的应有之义。

海德格尔诗性本体论对人的基本看法是：人的本源性大于人的主体性，人向诗性本源的回归，就是从自在的主体性出发，对主体狭隘性的断然否弃，就是向自在之"在"的真理敞开，就是从根本上肯定人的神圣性以及在澄明中恢复人的世界与大地的和解。在这样的诗思向量下，近十年来，中国诗坛对"诗为何"和"诗人为何"的反复考问，已被一些译论者悄悄地置换为"写作为何"的命题，即千方百计把写作的价值向量简化为技术层面的问题。这是游离于诗性之外的伪问题。我想，一个连技术层面问题尚未基本理顺的写作人，就不配来谈论诗性的问题。

伽达默尔说过两段话，前者针对诗性的思维方式，后者讲诗性的生存方式——"诗的语言乃是以彻底清除一切熟悉的语词和说话方式为前提的。""诗并不描述或有意指明一种存在物，而是为我们开辟神性和人类的世界，诗的陈述唯有当其并非描摹一种业已存在的现实性，并非在本质秩序中重现类似的景象，而是在诗意感受的想象中介中表现一个新世界的新景象时，它才是思辨的。"（[德]汉斯-格奥尔格·伽达默尔《真理与方法》，上海译文出版社 1999 年版，下卷第 600 页–601 页。）那么，真正的散文更应有破"论"之体，对生命言说宛如松枝举雪，最根本的原因就在于真散文不但是以诗性的方式思维，而且是以诗性的方式生存。

互文性

互文性通常被用来指示两个或两个以上文本之间发生的互文关系。散文的互文性指把多个文本材料集用于一个文本，使其互相指涉、互相贡献意义，形成多元共生，使散文的意义在文本的延展过程中不断生成，合力实现一个主旨。

在我看来，互文性暗示了它是一种民主而趋向自由的文体。

互文性概念的提出者法国符号学家朱丽娅·克里斯蒂娃曾提出："任何作品的本文都像许多行文的镶嵌品那样构成的，任何本文都是其他本文的吸收和转化。"即每个文本都是其他文本的镜子，每一文本都是对其他文本的吸收与转化，它们相互参照，彼此牵连，形成一个潜力无限的开放网络，以此构成文本过去、现在、将来的巨大开放体系和文学符号学的演变过程。

还有一种互文，是着眼于学科的"互嵌"。美国历史学家海登·怀特说，历史只"是以叙事散文话语为形式的语言结构"。回溯历史，意义来自哪里？是史料，还是文本自身？还是隐含在史料与文本之中，以及研究者对语言的配置之中？显然，历史学家给出了自己的回答：只能是后者。只有在后者之中，人们才能找寻到历史的真正意义（李宏图：《历史研究的"语言转向"》）。

一方面是文本本身的修辞互文，另外一方面是历史与文本的"对撞生成"，用此观点比对《独立文丛》里的不少篇章，可以发现散文家的"默化"努力是相当高超的。他们没有绕开文学而厉声叫喊，他们的散文根性是匿于事物当中的，不是那种风景主义的随笔，不是那种历史材料的堆砌，散文的根须将这一切纳入到一个生机勃勃的循环气场之中。建筑术语、历史档案、小说细节、思想随笔、戏剧场景，等等，在高密度的隐喻转化中使这些话语获得了空前的"自治"。这种"自治"并不等于作家文笔的失控或纵情，而是统摄于散文空间当中的。我们仿佛看见各种文体在围绕王座而舞蹈，它们在一种慢速、诡异、陡转、冷意十足的节奏中，既制造了矜持的谜面，又翻出了血肉的谜底。

　　正如德里达认为的那样，文字的本质就是"延异"，而互文性的文体正是对终极历史意义达成的"拖延"，是一种在不断运动中发散的歧义文体。于是，在杨献平的一些篇章里，意义已经完全由文体差异构成的程度，文本变化中的每个精心设计的语言场景，都可以由另一语言场景的蛛丝马迹来予以标志，内在性受到外在性的影响，谜面受到另一个谜底的影响，建筑格局受到权力者的指令和杀戮的影响，它们既彼此说明，又互设陷阱。因此，包括我对自己的《流沙叙事》《梼杌叙事》的重读，其实是在寻找历史，为未来打开的一条通往无限变化的、不稳定的历险之路。

细　节

　　我注意到这批散文家的近作，他们没有绕道意识形态的讲台朗声发布结论的习惯。有鉴于此种"结论"多为空话、谀语，可以名之为"大词写作"，然而这却是目前流行的散文模式。

　　已经成为写作领域律令的说法是：回到事物本身，通过语言的细节还原生活。问题在于，事物不是阳光下的花可以任意采摘；更在于撷花辣手太多，事物往往暧昧而使自己的特性匿于披光的轮廓之下；重要的还在于，文字对生活的还原就是最高美学吗？

　　如果说高维生的一组散文更倾向于对情感细节的呈现，那么赵宏兴的不露声色则更近于对自然的描摹，80后的盛文强似乎兼而有之，吴佳骏显示出对细节刻画的某种痴迷。表面上看，他们不过是对隐秘事物的描写，把自己的情感注入事物的天头和地脚，这一"灌注术"其实已经悄然改变了自然之物的自然构造，朝向文学的旷场而渐次敞开。就是说，文字对生活施展的不仅仅是还原，而是创造和命名。

　　说出即是照亮。用细节说话，用细节来反证和彰显事物的特性，使之成为散文获取给养的不二法门——这同样涉及一个细节化合、层垒而上的问题。

　　我想，国画里的线条和皴法，一如写作者对散文细节的金钩铁划。正因为蕴峭拔于丰满之中，冯其庸在论及陈子庄画作时不禁感慨万千："我敢说没有一个人可以说得出来石壶山水皴法的名堂，是披麻皴、斧劈皴、荷叶皴还是卷云皴？都不是。因为石壶的山水根本不是从书本上来的，你要想寻行数墨地寻找他的出处，可以说是枉抛心力，因为他的出处不在于此而在于彼，不在书本而在大自然。"不因袭别人的细节，而且不再蹈袭自己曾使用过的细节；不是照搬自然的一景，而是以自然之景化合出别样的情致！事情发展至此，细节的威力就是散文的斗拱。

没有搭建好斗拱而匆忙发布"存在"、"在场"奥义的人，不过是危楼上的演说者。更何况他们的高音喇叭五音不全，只在嘶哑地暴叫。陈子庄所谓的"骨意飘举，惝恍迷离，丰神内涵，此不易之境也"的骨力之说，与之俨然是胶柱鼓瑟也。

高维生、杨献平、朝潮、盛文强等作家显然是被自然之物劝化的作者。明白细节之于散文之力，大致也会明白康德自撰的墓志铭："位我上者灿烂星空，道德律令在我心中！"

非虚构

在《独立文丛》系列作品中，我注意到有不少篇章涉及"非虚构"向量。比如散文家赵钧海《黑油山旧片》《一九五九年的一些绚丽》以及朱朝敏《清江版图》等文。

在此，尤其需要注意几个概念的挪移与嵌合。我以为"报告文学"是那种带有强烈意识形态色彩的对现实予以二元对立取舍的写作。"纪实文学"是指去掉部分意识形态色彩之后，对非重大历史或事件的文学叙述。"私人写作"则是在消费主义时代背景下，强调个人情欲观的写作——这与是否虚构无关。"非虚构写作"不同于以上这些，它已经逐渐脱离了西语中小说之外文体的泛指，在当下汉语写作中，它暗示了一个向量：具有明确的个人独立价值向量前提下，通过对一段历史、事件的追踪检索考察而实现的个人化散文追求。

如果说"非虚构"变成了焦点，那一定是因为我们感觉到了对切入当下生活的迫切性。

以田野考察为主，以案头历史资料考据为辅的这样一种散文写作，正在受到越来越多读者的关注。

在"非虚构写作"中，"新历史写作"已经显出端倪。这个概念很重要，这或许涉及历史写作的转型问题：重视历史逻辑而又不拘于史料细节；忠实于文学想象而又不为历史细部所掣肘。在历史地基上修筑的文学空间，它不能扭过身来适应地表的起伏而成为危房。所以想象力不再是拿来浇筑历史模子的填料。

我坚持认为，"人迹"却是其中的关键词。人迹于山，山势葱茏；人迹于水，烟波浩渺；人迹为那些清冷的历史建筑带来"回阳"的血色，爱恨情仇充溢在山河岁月，成就了散文家心目中最靠近真实的历史。

在此，我能够理解海德格尔的用心："每个人都是大地的一部分。大地之上绝无尺规。"这恰与"道法自然"异曲同工。浮荡在大地上的真实，如同清新的夜露擦亮黎明，世界就像一个开了光的器皿，而散文就要在山河与"人迹"中取暖。

异端不属先锋或主流

我读到散文家朝潮《在别人的下午里》中的不少篇章很是感念，比如马永波的《箴言集》，让我回忆起多年前自己住在城郊结合部陷入苦思的那段岁月。

在收获了太多"不相信"之后，我终于相信：我们置身在一个加时赛的过程中，我们必定抵达！我要说的是：你作为具有个人思想的言说者，你开掘的言路就决定了你与主流话语的分离。从表面上看，你仅是一个写作的异端。其实，异端不在先锋与主流之间，而是"异"在以你的人性之尺，度量世界的水深；"异"在以你的思想之刃，击穿这世界的铁幕；"异"在以你的苦难之泪，来使暴力失去信心；"异"在以你的焚膏之光，来烛照自由之神的裙裾！

同时，为夜行者掌灯，然后，熄灭。

这样的人与言，还"异"否？

从对思想史的梳理中我们发现，经典的异端思想一定是背离了时代或超越了时代。正如葛兆光先生所描述的，思想家们的思想可能是天才的超前奇想，不遵守时间的顺序，也不按照思想的轨迹，虽然他们在一般思想与普遍知识中获得常识和启示，但常常溢出思想史的理路之外，他们象征着与常规轨道的脱节，与平均水准的背离，有时甚至是时间轴上无法测定来源与去向的突发现象。因此常常可以看到思想史上的突变和"哲学的突破"。而正是高踞于时代之上而非融于时代之中的异端思想激起了变革和时代精神的转换，异端之思已经成为推动社会前进的第一力。

光，注定不能被火熔化。着火的思想就像火刑后变形的铁柱，上面镌刻出的图案和花纹，展开异端惊心动魄的美，正是异端的思想切进现实的刀痕。海德格尔引述过 17 世纪虔信派的著名口头禅："去思想即是去供奉。"思想的"林中路"不是抵达烟火尽退的"林中净土"，而是在铁桶合围的现实中，以异端之思打开精神的天幕。

高举"独立"的写作者，更应该是思想者，应永远牢记——异端不是思想的异数，而是思想的常态；异端是一个动词，自由精神才是异端的主语。

我曾在一篇文章里这样预言：我们相信蚁阵的挺阔终将决堤。我们相信纸花无从生发生命的韵律。我们相信马丁·尼莫拉的预言。我们相信散文的声音。真正的散文家还相信，善良如水，那就是最韧性的品质。马拉美曾说："骰子一掷，永远取消不了偶然。"信仰足以让偶然和必然俏丽枝头。花开过，凋谢，还会盛放。

蒋 蓝

2011 年 10 月 4 日于峨眉山

目　　录

梦见与叙事

第一辑
凭栏处

笔　会

　　一到春天笔会就多起来了。大家仿佛憋了一个冬天，春天一来，鸟语花香的，都要把热情释放出来。年轻的时候，感到作家们开笔会很神奇的，对自己有着巨大的吸引力，如果能开上一次笔会就像过年一样，开完一次笔会，往往能给自己带来很长一段时间创作的兴奋。

　　最早参加笔会是在某企业上班的时候，企业里有一个文联组织，每年组织业余作者开一次笔会，自己是个一文不名的小业余作者，人家能喊着我，我感动得不得了。笔会一般三五天，费用都是由企业出，吃住都在招待所里，条件也差，但大家并不讲究，很愉快的。笔会上，大多是带着自己的作品来修改，往往为了一个观点争论好多天。有时文联的领导会从外地请来一些名家给我们讲课，我们都认真听认真记，热情地提问，确实有茅塞顿开的感觉。

　　笔会上最神秘的是暗地里偶尔流传的关于爱情的浪漫故事，因为一群青春男女在一起免不了会碰撞出一些情感的火花。有一次，开完笔会后，组织我们去青岛旅游。在火车上，一个男作者和一个女作者面对面坐着，一路聊到青岛，就难分难舍了。回来后，恋爱关系就确定了下来，后来还真的结了婚。

　　一年冬天，我在一个煤矿开笔会，时间是一个星期。我那时刚去淮北，对吃大馍还不习惯，一日三餐都是吃食堂的大馍。这些大馍放在笆斗里，待到我们吃时，已半热半凉的了，生硬得很，我啃了几天，就把牙龈啃发炎了，不能再吃。这件事我也没说，不知道怎么就被食堂里一个年轻的女服务员知道了。有一次，我们吃过饭回到宿舍，一会儿，她就悄悄地找到我，从怀里掏出一个烤山芋满面绯红地递给我，说这个好吃，又甜又软。我说，你们食堂还烤山芋？她说是从外面买的，我要给她钱，她怎么也不要。对她的体贴我感激得不得了。后来几天，她都是怀揣着一个山芋来送给我，她每次来都腼腆地坐在我的面前，说话悄声细语的，有时抬起头来眼睛乌黑明亮。我那时正在看一本叫《菜根谭》的书，我就把这本书签上我名字送给了她。这件事很快就被其他人知道了，大家都轰动起来，认为我这小子有艳福，但那女孩子还是来。

过了几天，笔会散了，我们临走那天，女孩子曾来送过我，远远地站在车窗外，朝我摇手。笔会开过后，我们就回到各地了，那时通信也不发达，随后就失去了联系。

后来，有人打听我和那女孩子后事如何，我说没有故事。人家说我笨蛋，要保持联系啊，不能人走茶凉，但年少毕竟不懂风情。

现在，我开笔会的机会多了，大多是人家邀请的，而且规格也高，一般都是被安排坐在主席台上。时常与比我声望高的人、比我成绩大的人坐在一起，我总是谦虚地听，推辞发言，这样主办方是有微词的。后来知道，开会有开会的潜规则，如章克标所说的，开笔会时要把自己的名字加入其中，要发言，不发言等于没有来开会。

最有趣的是，开笔会碰到过李鬼。前年，我们在张家界开一个国际性的会议，那次来了不少人，会上有一个男子，和我们交换名片，看名片他是来自辽宁的某个大协会的，然后，他拿着一个本子找我们这些所谓的名人签名、合影，和我们一起乘车，一起吃饭。有一天下午，我们正在旅游点活动，就见前面围了一圈子的人，我好奇地跑过去一看，是开笔会的人在围着那个签名合影的辽宁男子。他们愤怒地要撕他的本子，要他交出相机删除里面的合影，否则就报警。那个男子唯唯诺诺的，十分的胆怯，西服也弄得不周正了。我就问是怎么回事。朋友说，这是一个假冒的，会议并没有邀请他。我问怎么发现他是假冒的呢，朋友说，他散名片时，散给了一个辽宁的作家，那个作家对辽宁很熟悉，一看并没有这个单位，三问两问，男子露了馅。看来，他可能是新手。

我感叹地说，哎呀，这个年头了，难得人家还有这份文学情结，一个大男人被搞得下不了台，算了吧，我们签那些字能有什么用，合个影能有什么用。会议组织者说，不行，说不定他会拿作家的签名和合影去找下一家行骗哩！这样一说，我也没有了声音，同时也为这个倒霉的家伙悲哀。

开笔会多了，发现有几种发言的人。有的人开成了会油子，发言时夸夸其谈，实是肚里没货；有的人发言，官腔官调哼哼哈哈的，实在招人嫌；有的人发言，观点新颖语言明快，可见不是一日之功。我每次受到人家邀请时，都要认真地准备一番，拿出一些肚子里的真东西与大家交流，有时望着台下热情的作者，就想起自己做业余作者时的时光。

梦见与叙事

楼顶上的航线

　　我家的楼上，经常有飞机轰鸣着飞过。

　　如果这个时候我正好坐在窗前看书，我就会抬起头来，在天上追踪飞机的身影。天气好的时候，可以看到庞大的飞机披着明亮的光泽奋力地向蓝天的深处飞去，晚上时，可以看到飞机亮着红的黄的灯光在黑暗里梦幻般闪烁而过。

　　飞机是现代化工业的产物，不像一棵树、一棵草等大自然里生长的植物，千百年来，人们赋予了太多的古典的意象。

　　飞机我不陌生，也乘过多次，但坐在飞机上的感觉，总没有仰望时产生的感受多。坐在飞机里，飞机只是一种交通工具，但仰望飞机时，这是一种幻想。飞机带给我们的感受是，在深邃的蓝天里，有着无限的自由。尽管它驮着巨大的沉重，但它终于挣脱了束缚它的手。它飞翔时的身影，就是一幅思想者的背影图。

　　少年的时候，我住在偏僻的乡下，村子最现代化的工具就是一台抽水机。每年夏天从河里抽水时，发出的轰轰的声音孤独而忧郁。除此，就是偶尔有飞机从乡村的天空上飞过，它巨大的声音区别于小柴油机的声音，它瞬间而过，它不会停留在这片乡野上，它的目的地是远方那个"不食人间烟火"的城市。

　　老家的冈头上有一块田就叫飞机场，这是一块很大很平坦的地，我家也分得了一块。每次劳动时，我就站在上面想，这块地为什么叫飞机场呢？飞机，它们适合一个乡村少年在偏僻的土地上对外面世界的想象。

　　沿着飞翔的轨迹，我来到城里工作、生活。时常有庞大的飞机轰鸣着从我住的楼顶上飞过，我坐在窗口就会被惊醒，然后抬起头来久久地追踪着飞机的身影。

低下头，再回到桌子上，风吹动着我的头发。天空下，是高高低低的楼房，收破烂的拨浪鼓摇得震天响。

我的面前，很小的一块桌面也是一片天空，不断飞翔着我的思想，虽然是无声无息的，也唤不起别人的仰望，但它有着一条属于我的航线。

签名售书

应新华书店的邀请，一早起来，去杏花公园签名售书。

签名售书，这在过去只是名人才有的事，现在也轮到我的头上了，有种"旧时王谢堂前燕，飞入寻常百姓家"的感觉。

以前，要是能获得一本作家的签名书，那是多么神圣啊。我第一次接触签名书，是在合肥的一家书店里，作家许兄给我签的名，后来，我们成了好朋友。现在出书的人多了，签名售书的人也多了。有一次，我走在一条马路上，看到一位女教师在带着她的朋友搞签名售书，我上去一看，那些诗歌实在是记叙文的断行，很为她难过，走了好远，忍不住回头去看，看她们坐在秋天的马路上，风儿吹着，马路上已有了许多落叶。

我想我决不做这样的签名售书。

七点多下楼，匆忙赶过去，看看时候不早了，心里很急。到杏花公园门口时，那里已是一片红旗招展，有一个工厂里的宣传队在敲锣打鼓，很是热闹。走进去，路的两旁已摆满了小摊子，有点拥挤。赶忙往里走，里面空旷了点，人也少了点，由于去年我来过，好找。到摆书摊的地方，几个朋友也刚到，长条桌子上摆放着每个人的席卡，我在自己的席卡前坐下来。

不久，人开始多起来，其他签名售书人的托儿都来了，这样的人一看就看出来了。前天，报社通知我的时候，就嘱咐我要自己找粉丝，但我没有找，我想不要给朋友们添麻烦。想看我书的人，早就有了，也是不需要买的。我理解的签名售书就是我参与了这个活动，站到了这个平台上，而不是为了卖多少书计算。书的作用不是论能签多少本书看出来的。当初莫奈在世的时候，他的画也卖不掉的，有一次苏童来合肥签名售书也签不掉的，所以不要迷信签名售书，不要把签名售书看成是一个人创作的晴雨表。

时尚的东西是需要热闹的，有价值的东西要经得住沉寂。

7

第一辑 凭栏处

我坐在签名售书的桌子旁，我的面前摆着两本书，一本是我的诗歌集《身体周围的光》，一本是我主编的《2006 年中国当代散文诗》，星期天的阳光在气球、风筝和锣鼓的敲打声中变得膨胀和热闹起来。

我的身边也是几位签名售书的作家朋友，他们通知来的托儿多，面前很热闹。

我看到读者用手指摩挲着我的书，爱不释手的样子，我就想送上一本，但人太多了，怕一送会发生哄抢，没有开口。有的人翻开又放下，我知道，我的书是不适合这种大众口味的，它太思想了。但有一位小朋友来捧着我的诗集看了半天，引起了我的兴趣，我问他你喜欢诗吗，他抬起头来，认真地瞅了我一眼，大概终于看到面前这位诗人了。我的问话惊扰了他，他放下手中的书，漠然地走了。最高兴的是，一些陌生的读者翻看了后，就买下了，我不知道是书中的哪一个句子打动了他们。

太阳升高了，也没有什么东西遮阳，晒得实在是难受。广场上到处都是人，签名的桌子前有时候挤满了人，有时候人稀少了，我冷静地坐着，思考着自己的写作。如果从市场的角度来考虑，我应当要写一些畅销的东西，如果从人生来说，我应该要甘受寂寞，写一些有思想的文字。我和我的书一同接受着这场秋天的洗礼。

我的几个朋友赶来买书了，这让我感到欣喜，我问他们怎么知道我在这儿签名售书的，他们说是从昨天的晚报上看到的。朋友单位好，我估计他们买书能报销的，他们除了买我的书外，我也推荐他们买几本我旁边的另几个作家朋友的书，他们也买了，几个人抱着书乐陶陶而去。而身边的这几位作家朋友却没有一个给他们的朋友推荐买我的书，这让我感到不爽，觉得做人不能太实在。

有一个好久没见的朋友来买我的书，我却连他的姓名都忘了，感到有点尴尬。

快到 11 点了，我带的 15 本书也卖完了，我写了一张条子放到桌子上："本人书已售完，谢谢各位，赵宏兴。"其他没有卖完的人，也仿我这样写一个条子离开了。

一天的忙碌过去了，坐在灯光下，我看着书，又找回自己的位置了。

还是要大量读书，写有品质的文字，不要赶热闹。

乡 下 的 树

一大早，就被屋外吵吵嚷嚷的声音惊醒，农家总是起得很早，他们有着许多农活要做。四弟家的地方，往往又是他们聚集的场所，吵吵嚷嚷的声音，让人想到麻雀云集在树上。

看看手机还早，又睡去。

一觉醒来，屋外已是一片安静，因为农家都已下地去了。

太阳很好，昌其夫妻把一袋袋玉米从家里抬出来，然后倒在场地上晒，金黄色的玉米在阳光下发出一片金灿灿的光来。秀云站在里面用锨一下一下地翻着，光在她的身边绕来绕去。金黄色的光在秋天里深沉敦厚，玉米从她的锨上落下来，黄色的，没有一点杂乱。

大路上开来了两辆手扶拖拉机，到三弟的门口停了下来。两个男人，一个年纪大点，一个年纪轻点，两人都穿着深蓝色的旧衣服，他们背着手，到屋前转转，看上了三弟房屋边上的几棵大树，问卖不卖。原来他们是来收树的。我说，不卖。二十年前，我们家从村前搬到这儿来住时，我们亲手栽下的，那时这几棵树还是幼苗，风风雨雨陪伴着我们，现在长大，它们是我们人生的一个坐标，有着手足一样的感情。

买树的人听了，指着那几棵粗壮的槐树，说，那几棵树不可以卖吗。我再次连声说不卖，不卖。现在我看这两个买树的人，觉得他们简直就是刽子手。他们的目光里隐藏着凶恶，每棵树在他们的眼里都是被屠宰的对象，他们看不出树是我们的朋友，他们看中的是这棵树的身躯倒下后可以赚多少钱。买树的人又不甘心地做我的思想工作说，树叶落下来，门口脏。我说，树能落多少叶子，扫掉就是了。据说这几个收树的人经常来村子里转，村子里许多大树都被他们伐去了，树认得他们，但树不说，它们相信，这些屠宰树的人，最后也会被另一个事物从根把他们锯去。

买树的人悻悻地到前面转去了，过一会儿又回来了，说前面的人家已答应把厕所边的几棵大树卖给他们了。其实这几棵大树也就在三弟家前面场地的边上，这几棵树我也是熟悉的，它们已有些年头了，几棵树像亲兄弟一样长在一起枝叶相握，夏季里树冠浓郁，像一把伞，冬天里落了叶子，高高的枝头直向天空，有着气势。现在，这几棵树站在秋天的阳光下，没有风，静静的，对于即将到来的悲剧，它们还像过去一样的沉静，没有一点悲伤或要逃走的样子。

买树的人就站在这几棵树下说话，并上下打量着，然后，他们开始商量如何锯掉这几棵树。他们先是用一根绳子，绕在树的高处，向空旷的地方拉，然后，另外一个人开动起电动锯子，锯子剧烈而兴奋地叫着，冒出一股浓浓的黑烟，锯子触到了树的身子，响起了撕咬的声音。很快一棵老树被锯倒了，它倒地的时候，发出"砰"的一声沉闷的声音。它庞大的树冠躺在了地面上，这些长在高处的树冠，第一次接触到了地面，它的身体一阵颤抖后，很快又平静下来。倒下的树干裸露着，可以看到深处那一圈圈隐秘的年轮。

他们就这样一棵一棵地锯，直到把三棵高高的槐树锯完。接下来，他们拿出皮尺，在树的身子上量来量去，再把树枝清去，把树身锯成一段一段的。这是一场屠宰，现场虽然没有一滴血，但可以闻见血的腥味。

他们忙了几个小时，把锯好的树码放到手扶拖拉机的拖斗里，每一个断处，都是一个白色的圆圈，这些圆圈堆放在一起形成了许多不瞑的眼睛。

小手扶拖着这几棵树突突地走了，在几棵树站立的地方有了一块空白。

我和几棵老槐树共同目睹了这场灾难，它们的年轮里一定刻下了这次记忆。晚上，我对父母说，这几棵老槐一定不要卖了，他们都表示同意。

雨

雨是昨夜下的，我们在熟睡的梦中，但一切却都在悄悄地发生着，如这场雨，不远万里而来，它正好赶上在夜里，还是偏偏选择在夜里？

在夜里落下的雨，给早晨开窗的人带来一身的惊奇。

地上湿湿的，有一两个骑自行车的人，弓着腰在用劲，自行车的轮子溅出一些浅浅的水雾来。走路的人，小心地拣着干燥的地方走，生怕把锃亮的皮鞋弄上了泥泞。

天空是灰色的，高高的楼顶仿佛插到云雾中了。

夜里睡得晚，睡得沉，清晨被一阵雷声惊醒，听到隆隆的声音，看到闪电在窗外闪过，蒙眬中起来，先是把北窗关了。桌子上全是书，要是雨进来淋湿了可不得了。再到阳台上关了窗户，上面挂着晒干了的衣服。再回到床上睡下去心里便踏实了。

一觉醒来已是早晨 8 点多了，雷声还在隐隐地响着，虽然不强烈，但这是今年的第一场雷，给人感觉它们是从遥远的地方旅行回来了，天空又有了权威，恢复了秩序。许多冤屈的事情可以对它们说一说了，就像去政府里上访一样。雷也是很繁忙的，因为天下不公平的事情太多了。

雷声响了许多次后，在早晨停了下来，空气中静谧得十分沉闷，仿佛用手使劲拧上的螺丝，没有一丝松动。

我在侧耳倾听，我的耳孔不断涨大，涨大成一条布满了线缆的地道。

雨下起来了。雨下得很大，直直的，从高处落下来，哗哗的一片。屋顶经过雨水的冲洗越来越亮了。家家户户都关闭着门窗，阳台的边沿上，挂着很长的湿痕，有一些植物趴在雨水中伸头遥望着，充满了快乐。

路上没有一个人的行踪。世界淹没在这一片雨声里，没有了其他的声音。

天空那么阴沉，仿佛是倒扣着的一个湖。屋子里的光线也暗下来了，我打开台灯，一小片明亮的灯光立刻在阴暗中凸显出来，我坐在下面，开始了一天的工作。

我想起那些浸泡在雨水中的房子，还有那些灾民愁苦的面庞，他们渴望晴朗的天空，为什么迟迟不来？这些雨水什么时候才能结束？

天空打了一个闪，接着响起了雷声，雷声在远处仿佛拖着一辆沉重的马车在泥泞里行进。

把北窗打开一条狭窄的缝，霏霏的细雨随风刮进来，洒在皮肤上，沁凉的，有了冬天雪花的感觉，最亮的几滴雨水从我的眼前落下去了，我看到它们柔软的圆圆的透着光亮的样子。它们只是瞬间的经过，但我看到了它们，它们落到地上，就变成了水，没有了自己。

雨下得小了，声音稀薄起来了，可以听见一个一个雨点落在什物上的声音，教小儿数，1、2、3、4……就像数天上的星星，数着数着就数不清了。

乱云飞渡，天空中似乎有着太多不平的事。

它们使我平静的空间也躁动起来。

雨又下起来了，倾斜的，疯狂的，像溃了堤的洪水，在空中掀起波涛，一浪高过一浪。

雨，落在地上，遍地都是流动的水，像要把这肮脏的地面冲洗干净。

隔着雨水看对面，朦胧的，仿佛距离变得更远了。

稠密的雨水，像一群羊，在闪电鞭子的驱逐下，匆匆赶往交易的市场。

接着，雨直直地下了起来，对面的楼顶走出一只鸡，低着头亦步亦趋地觅食，一只麻雀飞过来，落在楼顶上，像一团泥巴粘在上面。

雨，终于停了下来，马路变得明亮起来，汽车亮着灯在上面行驶，像走在明亮的镜面上，有了长长的倒影。

雨越走越远了，

我重新在窗口坐下来，最后一片云拖着肥肥的尾巴，在天空缓缓地离开。

故乡的土地

凌晨三点，天还是黑的。便有了鸡叫的声音，路上有了小手扶的突突声。天大亮了，已是乡亲们下地劳动的时候。

看到小侄儿三宝在玩。"大伯伯，你看那是什么？"三宝忽然停下来，仰着脸看着天空对我说。

我抬起头向天空看了一下，什么也没看见，正在这时，一队大雁排着人字形的队伍从天空飞过，我明白了，告诉他："这是大雁，往南飞，去过冬的，领头的那个叫领头雁，它们都要听它的。"

"那它们从哪儿来的呢？"三宝问。

我说："是从北方来的，因为北方的天气冷了，南方的天气暖和，所以它们就飞到南方去了。"

"那它们还回来吗？"三宝问。

"到了夏天，它们就会飞到北方来的，但有一些大雁就不回来了。"

"怎搞的？"

"它们会死了。"

"哦。"三宝没有了声音，他还年幼，还不懂生命的意义。

三宝继续去玩了，天空的大雁鸣叫着，翅膀扇动着飞远了，只剩下蓝的天空，一片宁静。

昌伙三爷来了，我出去给他打招呼，他看我背着照相机的小包，以为我要走了，我说不是走，这里面装的是照相机，我给他照了一张相，然后给他看，他很满意。

过了一会儿，一个叫四奶的老太拄着拐杖从大路上走了过来。她穿着一身蓝衣服，头顶一方灰手巾，已是90多岁的人了，脸上已没有了肉，多是皱纹。大家都说她身体好，她说，哎呀，活这么大没用噢。有人就说怎么没用呢，多活一天，多看一天世上嘛。大家在说说笑笑，有人指着我问她是否认识，她说不认识，说我的名字她才想起来，也不知道她是不是真的不认识，但老太如果让我第一眼认，我也许认不出来了。在我记事时，就看到她是一个老太，如今她还是一个老太，而且还行走在这个世上，是多么的古老。

我去地里转转，沿着一条窄窄的土路走不多远，就来到河边了。

河道弯曲着，河水浅浅的，露着深深的河床。河的对岸，有一家人在田地里劳作，男的穿着深色的衣服，女的穿着红色的衣服，还有几个孩子在一边帮忙。我用照相机取景过来看，原来一家人在起山芋，旁边还有一头吃草的牛。河滩上有一位妇人正弯着腰在菜地上劳动，菜地一片葱绿，看出她的劳作十分的美丽。对岸有一棵高高的白杨，站在秋风中，叶子落光了，那些枝梢还向上着，似铁打的一般，影子倒映在河水里，十分的清晰。

这条河现在看起来，十分的狭窄了，甚至显得老态龙钟，这是因为我看惯了大江大河？不是，是我心里的河流大了，而自然界的河流始终是没有变的。

河水向前方流着，河道时宽时窄，线条优美，这是自然的美丽，没有一点人工的痕迹。它还将在这片土地上流经下去，像一场歌剧。

我在河边抓拍了几张照片，田埂上高高的茅草也拍了几张，我觉得这秋天的草有着绚丽的美，它们从身子里焕发出来的颜色是成熟的，尽管它们的生命已走到尾声。

"无言的大地是永恒的倾听者，你能够对它倾诉一切。"我的思想被触动了，我坐下来。未被诗人歌唱过的大地，才是真正荒芜的。我要歌颂故乡这片土地，这是我作为一个写作的人的责任，因为是她养育了我。多年来，我每次回来，都要在这片土地转转，为的是保持与她的贴近，而不致陌生。

下午，我要走了，母亲要我带这带那，每次走时，母亲总想让我带多多的东西，恨不得让我把一个家背上。

临走了，母亲站到大路上送我，昌奇二哥开着小手扶去街上，我就乘上了。小手扶突突地走在大路上，有时一加油门，冒出一股黑烟向后飘着，路两边的庄稼还看不见，树木都落了叶子，树棵间蒿草高高的，已一片枯萎。

山　门

　　山到了这儿，忽然断了。

　　这种断不是崩塌了的断，而是被人用斧子从山的顶端拦腰砍下来的。

　　可以想象，亿万年前，群山中荒凉而空旷，一个壮汉身披兽皮，举着手中的斧子，一斧一斧地用力地砍着，可以听到斧子落下时发出的砰砰声音，想象出那碎石乱飞的场景。

　　这样日复一日，一条窄窄的缝隙便垂直着下来了。

　　如果再砍下去，就到了山的底部，他就成功了，但砍山的人却停了下来，因为他的刀口卷了，他要去铁匠铺子里给刃加最好的钢，要在砺石上把斧子磨得锋利，然后再回来接着砍下去。

　　这一走，时间就过了亿万年，他再也没来过。

　　他是忘了吗？还是被其他的事情耽搁了。

　　亿万年后，人类开始在这儿活动，群山间显得热闹而拥挤了。人们来到这儿，站在山的断裂处，两座山像两扇沉重的城门，刚推开还没有完全推开的样子，人们无不仰首惊呼："石门。"这样石门就越传越远了。

　　春季的一天，我们从城里寻觅着来到这里。站在石门前，一行人先是哦哦地惊呼，然后照相留影，又呼呼啦啦地走远了。

　　我没有走，一个人独坐在这儿，享受着这一份清静。

　　从这条缝隙可以看到对面的山谷豁然开朗，可以看见天是缝纫师傅扔下的一块边角料，长长的一条。两边的悬崖上，苔藓匍匐着，像壁虎一样在守候着；石头的缝隙间，偶尔生长着一棵小树，树干精瘦，枯黑，有些年头了吧，几片单薄的叶子在风中翻动，一只鸟扇动着翅膀飞过来，停在树梢，像一块石头，真使人替小树捏把汗。小鸟停了一会儿，张开翅膀啼了一声飞走了，小树颤动了一下，又恢复了平静。

阳光从高处斜射在石壁上，凹处有着阴影，凸处有着亮光，凹凹凸凸，明明暗暗，忽然就幻化出十八罗汉的面孔来，它们是佛吗？但一眨眼又是石，它们是石吗？但一眨眼又是佛。幻幻灭灭之间已不在尘世了。

　　山脚下已是一片葱茏了，细碎的花盛开着，静而娴雅，在刀口停下来的地方，堆积着碎小的乱石，一泓小溪潺潺地流出，从深远流来，又向深远处流去，也不知道它们的身子里是什么基因。

　　这样高大的山门，使人先生出的是惊叹，慢慢地在心里便不免生出了敬意。我在这儿枯坐，也不知是为了啥，是为了等砍山的人回来，借他的斧子，去砍我前进路上的障碍吗？

　　山谷寂静，我似乎听见许多说话的声音，他们在争论着，在叙说着，但他们却总在远处没有走近。我坐不住了，一路找去，发现是流水经过一个小潭时发出的声音。我沿着小溪走了好远，看见了好多个这样的小潭，原来这些小潭就是一个个喉咙了。

　　山的深处，更加隐晦，我不敢走远，又走了回来。一行车队开来了，呼呼啦啦地下来一群人，他们也是来看石门的，我从石门前走开了。

一座孤独的山

你是孤独的吗？

经过每一块石头，我都要停下来叩问。

你是寂寞的吗？

经过每一块石头，我都要停下来抚摸。

石头是那种白色的，坚硬里夹杂着细小的颗粒，有紫色的纹路纵横地呈现出来，似跳动的脉搏。

这是山吗？

这是山，它的名字叫小孤山。

深秋的时节，我们去宿松县开笔会，其中有一项活动就是去看小孤山。在没去小孤山前，我就在一家小饭店的墙壁上看到了小孤山的招贴画。小饭店的墙上布满了油渍，招贴画也是脏的，画面上，小孤山矗立在长江中，四围没有一座相呼应的高处，画面下方是年历，空白处写着许多歪歪扭扭的电话号码。我站在画前看了好久，感到诧异不已，这真是生命的奇迹！它是从群山中逃出来的吗？还是被群山遗弃了？它处身在这片江水中，断绝了四处的道路。

现在，接待的人说要去小孤山，我的心就动了起来，我多么迫切地想走近这座山啊！

车子从宿松县城出来，沿途都是长江边上的滩涂平原，这里的农家都以种植棉花为主。广阔的田野上，是无边的绛黑色的棉花地，在视野里有着沉闷的感觉。车子上到江堤，视野就开阔了，江堤离江边忽远忽近，近时可以看到江面上的船影，远时只能看到一片江滩，仿佛长江已经消失，这样走着走着，忽然在视线的前方，看见了一座山孤独而决绝地矗立在江边。白色的岩石在阳光下，有着明亮的洁白，我在心里暗暗地惊唤了一声：小孤山。这时，我视线里的世界已不再是俗世，而是充满了神奇，看田地里的牛也不是凡间的，看路上的行人也不是凡间的，是这座山改变了我的感觉。

车子离小孤山越来越近了，山也越来越清晰，直到兀地出现在眼前。小孤山独立着，就像一个行者忽然在旅途中伫立下来，使道路也到了尽头。

车子停下来，因为现在是枯水期，从岸边可以直达山脚下，我们一行人下了车，就沿着新开的台阶上山去。路过了庙，路过了香客，我都没有停下脚步，因为有一个声音在呼唤着我，让我匆匆地登临。山不高，很快就到了山顶，我站在这里四处望去，一片空茫，山脚下三面是浩渺的江水，一艘货轮像一片树叶从远方漂来，漂到山脚下，然后又向远处漂去。石头是壁立的，如斧斫一般，江边是被江水不断打出的层层弧线的沙滩，再远处是一片苍苍的天空，在江的对岸有一片山，但隔着宽阔的江面。虽然我来之前也听朋友说了关于小孤山与小姑子的传说，但这不是我来小孤山思想的终结。我想从中寻找出与我们精神对应的东西，这是什么呢？

朋友们都走远了，显然我这样寻寻觅觅已经掉队，这个季节游人很少，身边一片寂静起来，一个孤独的人与一座孤独的山相对应着，相互寻找着。山坡上树木的叶子已经黄了，枝头是稀薄的，岩缝间的杂草枯萎着，小孤山呈现出来的是寂寞的、幽深的、苍古的风韵。我忽然感喟，群山带给我们的是热闹的街市，是一个山头比一个山头高的虚荣和在紧张的空间里的竞争，但一座孤独的山，它带给我的是宁静，是思考，不问归途不问源头，它就选择在这个时间、空间和地理上独立着，因为这个结构几乎可以满足它全部的心灵、物质和精神的需要。

我凝视着眼前的石头，一遍遍地叩问，一遍遍地抚摸。

下山了，有捷径可以直达山下，但我不想那样走，一个人围着山腰的石阶转着走，绕着小孤山而下。

下到山脚下，是最后一块巨大的石头，它像一面巨大的墙壁迎面而立。朋友在呼喊我了，我赶紧拱手与小孤山告别。

夜宿小旅馆

一下车，天就黑下来了，小县城里满街都是灯火，机动小三轮如鲫鱼般穿梭。去年的这个时候，我来过小县城，今年又一次偶尔路过。我裹着寒冷在马路上寻找住处。

小巷口，炽亮的灯光下，竖着一块住宿吃饭的牌子，白底红字，已经陈旧了，后面是几张桌子和板凳。恍然记起，去年来这里，也是在这儿吃的饭，住的宿。

站到小吃摊子前，一位年轻女人，头上包着一条蓝色的围巾，露着两只明亮的大眼睛，左右一转，就出了神采，她招呼我坐下。

女人是一个动作麻利的人，很快就给我把饭端上来了。碗是乡下的粗碗，大而且深，盛着满满的热饭。菜是几只大丸子下面铺着一盘新鲜青菜，女人细语地说，这是土菜，在农村只有办大席时才能吃到。由于疲劳和饿了，我埋头就吃了起来。吃到一半时才想起来，我没有问多少钱，要是吃完被她宰了，就有苦说不出的，我就有点后悔了。

正吃着饭，旁边有人问，住好了没有。我望过去，原来巷口的黑暗里，还坐着一位穿着黑色衣服的老妇人，我说没有住好哩。

她说，没住下，你吃过饭去看看房间，不错哩。

我说好的。其实我的心里已有了数，准备吃过饭去县城招待所去住的。

一会儿，吃完了饭，我问要多少钱，女人说只要三元钱。哎呀，我的心放了下来，但又觉得不好意思，太便宜了。

付完钱，我要去看房间，老妇人并没起身，而是喊了一声。一位年轻人裹着一团黑影风一样刮来，问啥事，老妇人说这个客要住宿，你带他去看看。

男子长得胖胖的，脸上有着结实的红光，我跟在他的后面边走边和他说话，他竹筒倒豆子般说开了，老妇人是他的母亲，刚才卖饭的女人是他的媳妇。他把我领到房间，打开灯，房间里一床，一柜，一电视机，床上的被子是花格子的，枕头是扁了的。在我行走的印象里，小旅馆大概都是这个样子。

我说灯暗了，请换一个大灯泡。

男子笑笑说，我们小旅馆都是这样的，电费好贵的啊。

我说，我晚上不看电视，要看书的，这样就等于换过来了。似乎和去年的对话重复。

他恍然大悟地说，记起来了，你去年冬天也来住过。

我说，是啊，你还记得。

他说，怎么不记得，你让我把电视机搬走，搬来一个桌子让你写字，你说灯暗了，我还给你换了一个大灯泡。他说得很兴奋，隔了一年多，他回忆得还十分准确。

我说，每个住宿的人，你都能记得清楚啊。他说不是的，也没有那个必要，因为你特殊，人来人往住店的人都说电视不好，只有你说灯光不好，我自己没上好学，对有学问的人崇拜哩。然后，他说，今晚我带你到楼上住，条件比这个好。

他把我领到楼上，这个房子的空间果然大了许多，整洁了许多。他又忙着，找来一个大灯泡，站在凳子上，仰着身子，借得屋外透过来的朦胧灯光，熟练地把小灯泡给换了。一拉开关，房间顿时亮堂了起来，他比我还高兴，说，能看书了吧。我说能看书了。

我问多少钱一宿，他说，别人住是二十的，你就十元吧。我说还二十元吧。我把钱递给他，他只抽了一张十元的，再不收了。我坐下来开始休息，过了一会儿，他又送来两瓶开水和几个一次性的纸杯，嘱咐我天冷晚上要早点休息，不要冻着了。

看了一会儿书，我站在玻璃窗下向外望去。楼下是一个院子，里面有一棵大树，虽然落了叶子，但可以感受到夏天里浓厚的阴凉。对面有一排二层楼房，有几家的窗户亮着白炽的灯光，可以看到女人移动的身影，隐隐传来电视剧的声音，寒风中的人家，透着朴素日子里的温暖。

夜里，我坐在被窝里，在明亮的灯光下翻动着书页。虽然是寒冬的深夜了，但一点也不寒冷，这样的夜晚，也是在迁徙途中遇到的一块绿洲。

第二天早晨，我起床要走了，回身看看还在熹微晨光中的小旅馆，也没有名字，巷口空空荡荡，身后那座灰色的小楼宁静地矗立在冬天的寒风中。人茫茫，路漫漫，就是这些无名的驿站，帮助我在人生的旅程中行走。想到这里，我感动了一下，又踏上了旅途。

洪水里的人家

    小城坐落在淮河的岸边。夏天的太阳是炽热的，没有一丝风，我在小城的街头才走了几步路，头顶就被晒得热烘烘的，接着身上就开始了冒汗。

    一辆三轮车在我的身边慢悠悠地蹬着，蹬车的人猜想我会乘坐的，而我仍然走着，没有一丝乘坐的意思，他很泄气地加快速度跑了。

    转了一个弯，往前走，不远处就是淮河大堤了，路边的店家打着烊，有几个妇人坐在树荫下聊天。

    沿着一行水泥台阶上到坡顶，站在大堤朝河里一望。混浊的河水平静着，已升到离坝顶很近的地方了，堤坝下面，汪洋一片。河水里，一片尖顶的房子，只露着船一样的屋脊，小树只露出梢头，在风中，摇晃着像一蓬野草。在死角的水面上，漂着一片绿色，走近一看，是浮萍。一位中年的妇女，摇着一条小船，船上坐着几个人，在屋顶间穿越，像穿越着河流里的礁石，然后划向了远方。洪水，是个古老的词，我并不陌生，但亲眼看到，还是有点触目惊心。

    近处，有一户人家，在二楼的平顶上搭了帐篷，红色的，很显目，里面还有几个人影在走动。水面上有一条用木头搭起来的小路，细细的弱弱的与岸边相连。

    我站在大堤上张望了一下，就想过去和那户人家聊聊，问问他们在洪水中的情况。

    我沿着堤坡缓慢地下到一处稍稍平整的地方，有一条小狗冲我汪汪地叫着。我没有想到，坡底下的桥洞里还搭着一个黑色的帐篷，里面住着两位老人。他们裸露着上身，皮肤松弛着，掉了牙的嘴在咀嚼，动作显得十分的缓慢。帐篷几乎就是趴在地面上，如果不留心是根本看不到的。我想问他们几句，我看他们年龄太大了，交谈不方便，便放弃了。

我小心地沿着那条搭成的小路，摇晃着身子走着。是几根细木头绑在一起的，只能容一只脚，走了几步，前面有一个树枝，我伸手抓住，挑因为受了重力几乎就贴在水面上。终于走到楼梯口，我跳上了台阶，上到楼顶。几个人在帐篷里，正说着话，可能没有发现我的到来，我走到他们的跟前，向他们打了招呼，他们才知道，然后端了一个板凳给我坐。我正要坐下来，一位年轻的女子上来用一块布把板凳擦了擦，对刚才那个男的嗔怪说，不长眼，小孩刚尿了尿，就让人家坐。

我笑着坐了下来，他们问我是从哪里来的，来干啥的。我说我是来出差的，是合肥的，看到你们被水淹成了这样子，来看看，没有其他事情。他们放松了下来，我们很快就聊了起来，原来，这是一家人，老夫妻俩带着儿子和儿媳，还有一个几岁的小孙子。我说你们住在河道里，应该要搬走啊，这样淹下去，怎么生活呢？

老人说，前面的大堤是后来修的，没修大堤之前，他们祖祖辈辈就住在这儿了，这儿原来是老县城，老县城唯一的一条街就在这里。过去这里可热闹了，后来修了大堤，街道就搬到南边去了。没有水的时候，在这儿过日子还是一样的，一涨水就被淹，每隔两三年就要被淹一次。这次涨水是慢慢涨上来的，有预防，把家里的东西都搬到楼上面来了，这个水看样子没有一个月下不去的。政府也来动员过，要迁走，但给的条件是每户一万五千元，那些小趴趴房早就盼着了，就搬走了。像我家这样的房子，拆了再盖，一万五千元墙也砌不起来，盖小了，家里这么多人又怎么住呢？没办法，只好在这个河道里和水打交道，虽然被淹一个月，但还有十一个月可以放心地住呀。

前几天，有领导来视察，问河里怎么还有房子，当地的领导说，都搬走了，那些房子是准备拆迁的，没有人住了。到了晚上，不让我们点灯，怕被领导看见了，几个民兵还把我家老公看着，不让上来睡哩，对我们说行行好，不要为难他们，等领导走了就行了。真是搞笑。昨天，来了几个老外，头发黄黄的，眼睛蓝蓝的，妈呀，我还是第一次见到老外哩，他们到我家的楼上，拿着长筒的照相机照来照去。

说了一会话，我准备走了，他们要送我，我没让，他们一再叮嘱我走那个挑要小心，不要掉下去了。

我慢慢走过来，看到水边游动着几条鱼，优哉游哉的样子，然后钻到水草里去了。

上到河岸，走了几步，看到一个帐篷，几面红旗在风中飘舞，上面有一行字，大概是民兵抗洪救险队之类。前面停着一辆轿车，里面坐着几个年轻的男男女女，我想进去访问，但想想又没进去。他们说的，可能和我在报纸上看到的，新闻里听到的一样吧。

又走了几步，再回到岸边看河，看到大桥的阴影里，有一位老人站在齐腰深的水里，很快乐地往身上撩着水，他大概是以此避暑吧。

我在大堤上走着，太阳照在头顶上，我感觉不到热量，我只感到那些洪水里的人家如在沸汤里一般。

终于，我回到路上，打了一辆三轮，三轮载着我呜呜地离开了大堤，转眼进入到繁华的城里。

老 房 子

　　我的耳朵里，仿佛听到那些老房子吱吱的声音，它们的内里空荡着，坚硬的柱础支撑着庞大的岁月，脚下的青石地板上落满了尘埃，落满了忧伤。它们不能倒下去，倒下去了，我们就再也无法进入过去的时光。

　　我的眼睛里，还在浮现着那些老房子的粉墙黑瓦，阳光打在上面，泛着颓废的灰白，前后的山坡都绿了，高高马头墙的缝隙里还有枯黄的草在风中摇晃着，穿村而过的小溪在潺潺地流着，清清的水底下，游鱼像一群恍惚的梦境。村外的田野里，农人赶着牛在水田里一遍遍耕耘。我看见古老的房子是长河里的礁石，逝者如斯，它仍在屹立。时间在山洼下又一次孕育，槐树的花一片洁白。

　　修筑它们的身影远逝了，古老的房子里空荡着，导游的声音在一遍遍回响，我不能随着那群人一起走。

　　我站在高处望，这些古老的房子与年轻的房子坐落在一起，是一群从远方飞来的黑色的大鸟，它们在这片湿地里停留，下一次将飞向哪里？

逛旧书摊

旧书摊大多摆在马路的边上，每遇到我都要停下来，看着这些在阳光下摆成一排排的旧书，如一个慈善家见到流浪的人感慨万千。这些书，它们原来都有一个自己的家，为何沦落到如此地步？如今，时间的纱布已擦去它们身上的最后一层光泽，没有了往日的高贵或卑贱。它们挤挤挨挨地摆在一起，同病相怜，相依为命，真实得让人想起佛的四大皆空，唯愿在祈祷中能遇上一束投缘的目光。

旧书摊上的书，有些是著书的人送给友人的，上面还留有作者的亲笔签名，但不知为何又被放逐，令人扼腕其不幸走错了家门。有些书，已被翻得破破烂烂，页边眉头还留有主人的蝇头小字，可以想象当初相伴主人宾侧如良人，不知道为何又被遗弃了，令人欷歔伴君如伴虎。临出门时，它们是否如被流放的李白，"大笑一声出门去，我辈岂是蓬蒿人"。

在旧书摊上，每购一本旧书回去，我均要认真地修补一番，翻卷的书角要想办法压直，撕烂的书页要用透明胶带粘好。然后，在别人盖有书印的扉页上，再寻一个地方，盖上我的藏书印，签上我的名字。两相交映，也正好有了沧海桑田的感觉。

逛旧书摊多了，就认识了几个卖旧书的人。有一次，我遇到一个卖旧书的中年男人，他来自山区，是个文盲。这让我很惊奇，我说你不识字，怎么卖书。他说我用手掂掂就行了，这些书都是我上门收破烂收来的，很便宜的，卖给你们读书的人比卖给收购站强。由于他不识字，我从他的摊子上确实淘到不少廉价的好书。一天，我发现他把一本黄皮子的古诗校斟的书卖得很贵。我说，这样的书买的人少，应当要便宜点才能卖掉。他说，不能便宜。我问为啥，他拿过来，指着上面的一个"古"字说，我一个字不认得，但我认得这个字，在我们农村古的东西就是值钱的。我为他的精明和幽默好笑。后来，好长时间没见过他了，也不知这本书他到底卖掉了没有。

在旧书摊前，最难堪的是遇到自己的书。一天，我与友人在我工作过的小镇上闲逛，在一个旧书摊上，忽然看到了自己的书，封面在阳光下闪着银色的光，那么的亲切。没想到与我的书在这种场面相见，我蹲下身去翻看，仿佛看到手中的书与我"执手相看泪眼，竟无语凝噎"。卖书的老人广告说，这是我们本地的一位青年作家写的书哩，过去是单位里发的，剩的一点，处理给我了。我问能卖掉吗，老人说，有时也能卖上一两本的。老人显然不知道我就是这本书的作者。我的脸有点发烧，起身拉起友人就走。走在马路上，仿佛听到那些书在喊我。我停下脚步，掏了十元钱，让友人回头给我买几本，友人不解地问，你买这么多干啥？我说，你去买吧。

这么多年来，我逛旧书摊已如佛家见山不是山，见水不是水了，旧书摊带给了我很多快乐，我甚至想，待我老了，我就开一个小书店，卖卖旧书，交两知己，不亦乐乎。

遭遇我书

花冲每个星期的旧书摊集会，我是必逛的。我从这里淘了不少好书，我说的好书，不是收藏里的捡漏，而只要是我想看的书，我就认为是好书。区区几元钱，能带给自己一份快乐，这真是最大的廉价了。这些年来，我乐此不疲着。

这个星期天我照样去花冲逛旧书市场。天气是晴朗的，还没到公园的门前，马路上就人满为患了，跟着人群挤挤挨挨地往前走，进到公园里，简易的大棚里，一个个书摊前站满了淘书的人。

书摊很多，我逛的时候，已形成了固定的路线，这样不至于重复，浪费时间。几个摊子逛下来，我花8元钱，买了6本书。在一个书摊前，我忽然发现，我新出版的长篇小说《隐秘的岁月》赫然在目，我的眼睛刺了一下。这本书才出版不久，就流到书摊上了，时间之快让人咂舌。我走了几步，又回过头来，我想了解一下老板这本书怎么卖。

我蹲下身子，翻了一下，书是新的，但里面的扉页已被撕去了，这已成为行内的潜规则。作者出书都要送一些给朋友的，否则不小心就得罪了人。我们办公室有一位作家出书了，就放一本在柜子里，来人了拿出来演示一下，连塑封都不拆开，并不送人，可我还是做不到。尽管知道有些书送出去，就是扔水里去了，但还是要送，就连著名的作家有时送出去的书也逃脱不了这个厄运。送人书时，一般都要在书的扉页上写下请某某人雅正或批评之类的谦辞，人家卖书时，就把这一页撕了，以便流出去了不好看。显然，这本书是我不久前才送给某位所谓的"老师"指正的。

我把书拿在手上，问老板，这本书多少钱？老板是一位中年男人，坐在三轮车上，头发蓬乱着，手里攥着几张票子。他瞄了我一眼，大概没有看清，问啥书。我把书举高了一点，又重复问了一下。他这下看清了，说五元。五

第一辑 凭栏处

元，这在旧书摊上算是高价了，我的书在旧书摊上能卖出这个价，让我惊喜了下。我停一下，继续还价，能不能便宜一点。其实我并不想买这本书，我只是想试探一下摊主的底价到底是多少。摊主不知道我是该书的作者，大声地说，四元吧，别说了。我装作爱不释手的样子说，四元贵了，能不能两元卖给我。摊主说，不行。我说，这本书怎么能值四元钱呢？摊主说，这是新书，前天我收回来后，随手翻翻，一翻就看下去了，一晚上就看完了，不骗你，好看。我说，我的书都是两元买的。说着我晃了晃手中的书。摊主坚挺地说，不能少了。然后，没有心思搭理我，照顾别的生意去了。我把书小心地放到书摊上，起身离开了，我希望这本书能找到喜欢它的读者。

　　从花冲回来，已是中午了，我照例是找了一块抹布，把这几本书的灰尘抹去，把破损的地方用透明胶带粘好，然后把书放到阳光下去晒。这几本书在我的手下立即就焕然一新，快乐也涌上心头。

第二辑
来来往往

梦见与叙事

古老与洁白

在丽江一下车，就看到玉龙雪山矗立在面前，那么的高雅娴静，我就被感动得不行，拿着照相机，跑到马路上，不管车水马龙就"咔嚓嚓"地与雪山合了一张影。

人家说这是丽江的县城，也就是新城，老城还要往里走，跨过一条小河就到了，那叫大研镇。除了远处的雪山，看看身边的楼房与我居住的城市似曾相识，这让我有点不能接受。丽江多么好听的名字，我千里迢迢地追寻而来，怎么能叫大研镇？

吃过午饭，我们就迫不及待地往老城赶，跨过玉龙桥，就进入古镇了，眼前的景色有了不同。

这个季节，在我们内地，还是初春的天气，但这儿已是春色浓郁了。河边的柳枝上，已新绿葱茏，一棵柳树下，坐着一群穿着纳西族衣服的老太太，她们都戴着在内地已很少见的蓝布帽子，穿着蓝布大襟的上衣。因为刚刚跳完舞，便坐在一起休息，说着我听不懂的语言。

沿着青石板的小路越往里走，时间就越往后倒退，仿佛就走到古老里去了。

正是旅游的高峰，丽江古城里到处都是人流，摩肩接踵，每一条巷子就是一条水渠，人似水一样地流淌着，我也是其中的一滴。

丽江古城建于宋代，距今已有800多年的历史，但它似乎就停在宋代的某个时光段落处，没有生长过。巷子是古老的，两边是并不高大的纳西族风格的老房子，房子全是木结构，大多二层，河水依附着街道弯弯曲曲时隐时出；岸边有树开满了花，花下摆着木头的桌椅。巷子的两旁都是店铺，店铺虽小，但店主们把自己的小店布置得很浪漫，风格各异。小店里挤满了游客，大家都在讨价还价，十分热闹。这样走走望望，感到时光仿佛是一块在空气中放久了的铁块，上面爬满了紫色的锈迹，用指甲随便一抠就能抠下一块来。

在热闹中浸得久了，就像小溪在乱石间奔腾得久了，想寻一个小潭安静下来一样，我也想寻一安静处，但人流冲刷着弯曲的街道，找不到一点安静的地方可以立足。好不容易看到一家书店，有书店我是一定要进去的。书店不大，卖的大多是关于丽江古城旅游的书籍和碟片，还有一些中外名著，几乎没有游人进去，夹在两边热闹的店铺里，显得如此的宁静，营业员也很清闲地坐着，不知道他们对外面的热闹是熟视无睹了，还是有着寂寞难耐的心情。

从书店里出来，又逛了一会儿，看到一条深深的小巷，里面几乎没有幌子，走进去，店铺果然很少，很安静。阳光从高处扑打下来，使得狭窄的小巷里半面是阴暗的，半面是明亮的，宁静仿佛是水面上的萍都被风吹到这偏僻处来了，厚厚地堆积着。拐了一个弯，突然遇到一个僧人背着黄色的布褡子，穿着一袭灰色的长衫也在里面走。

前面出现一个岔口，我拐了进去。巷子里有一条台阶，上到高处，看见一位年轻的妇女，坐在一棵古老的大树下，用刀在木板上刻着图画，她年幼的孩子就在一边玩耍。少妇的刀在木板上用力地刻着，刀下卷起细细的木条，一个美丽的图案慢慢就呈现出了眉目，她的手边还有一本东巴文字的书籍。我问她是在学习东巴文吗，她说是的。东巴文字没来丽江之前就听说了，说它是象形字的活化石。我好奇地把书拿来看，书面上的文字像崖画，都是弯曲的线条，有些简直就是图形。我让她读一段给我听，她说只能认得，不会读，只有东巴老人才会读。这让我感到奇怪，还有能认得但读不出来的文字。我们都没了声音，过了一会儿，她告诉我，这儿是古城的最高处。我站起来朝远处看，看到老城里起起伏伏的黑色屋顶，纷纷翘起的屋檐像一群飞翔的大鸟的翅膀，果然"一览众山小"。

从小巷中走出，人流又一下裹挟着我，我融在里面走。看到一家小店铺的墙上挂着一块小黑板，上面用粉笔写着"驴讯"，这个信息有点像特务接头的暗号，是户外活动人群的专业用语。内容是到虎跳峡的日程和费用，天气情况等，给人一下子有了远足的感觉。

走到四方街了，这是古镇的中心，古镇上的六条街巷都归到这里结束，或者说是以此为起点向四面八方出发。当年这里是买卖的主要市场，人声鼎沸，物流通达。

有铃铛声叮当叮当地传来，我蓦然想起了悠久的马帮来。丽江是中国大西南地区茶马古道和古丝绸之路的一个重要集散地和交通枢纽，由于云南特殊的地理位置和气候条件，千百年来，商品流通和文化交流主要靠马帮来完成，形成了独特的马帮文化。我正四处张望着，就见一位穿着藏式服装的男子头戴毡帽，牵着几匹马走了过来，但马上不是驮着什物，而是坐着游客，优哉游哉。

吃过晚饭，我们再去逛夜晚的丽江。

夜晚的丽江也是好看的，灯火像满天的星团，白天清亮的小溪被挂在两边灯笼的光芒染红了，街头的人流似乎比白天更加密集，两边的小店铺里，都亮起了灯光，因为街是狭窄的，两边的灯光虽然并不强烈，但可以相互映衬，相互补充，许多的灯光混合在一起也分不清红的黄的绿的了。店铺里老板在灯光下忙碌的身影，有了朦胧和诗意。向山坡上望去，灯光次第着上去，一层层的，把古城装扮得像一个璀璨的工艺品，里面包裹着千百万年来的岁月，仿佛不能用力，一用力就会破碎；仿佛可以带回来置于案头，里面的晶莹，可以照亮夜晚的梦境。

在一条小河边，我看到两个女孩子守着一架灯光，俩人穿着蓝白相间的曳地长裙，架子上是一盏盏小小的灯，灯是用红色的油质的方块纸折成的，芯子就在上面明亮着，点点灯火，像春天田野上开放的一粒粒小小的野花，两个女孩子用心地呵护着。我走到近前问，这灯是做什么用的？一个女孩子说，是许愿用的，有许愿的人买下这个灯放到河水里，许上愿，灯就会带着他们的愿望远行，就会实现的。我抬头向前面河里看，五光十色的水面上果然漂着几个小灯，有一个女孩正蹲在河边的台阶上，用手把自己刚买的许愿灯往河水的深处推去。

回来的时候，我沿着小河边走，正遇到一群青年男女在对歌。女的站在河对岸房子前的廊道里，灯光朦胧，也看不清脸。男的站在河边的甬道上，两边的人清唱着，声音嘹亮，边唱边跳，彼此起伏。我立即也被感染了，对方女孩子的歌声刚落，我就抑制不住地接唱起来："月亮出来亮光光亮光光，想起我的阿妹在深山……"河对面的女孩子看有陌生的人参与了，也兴奋起来，与我对歌，但她们唱的是民歌，我听不懂，我就用流行的爱情歌曲与她们对唱，也不知道内容是不是对上了，一时我分不清在哪里了，在这个春风沉醉的夜晚。

第二天我们就去看玉龙雪山。

车子出了县城往北，就是一望无际的原野了，天空是晴朗的，视线很开阔，周围的山峦是赭黄色的，可能是近前这些山峦遮挡了，一路上并不见雪山的踪影，路边的农民在收割麦子，油菜花已经黄了，一大片一大片的。忽然，玉龙雪山就在正前方出现了，隐约的像冰山的一角漂浮在海平面上。一车人都不约而同地惊呼起来，雪山雪山。

我们的车子向前奔驰着，有时拐了一个弯，雪山就被遮挡得看不见了，拐过后，雪山更大地矗立在眼前，庞大的气势一下就压了过来。

来丽江，最大的愿望就是想看到玉龙雪山。雪山，我无数次在图片上看到，那种一年四季洁白如玉的山峰，雪山带给我们的是对洁白的向往，洁白带给我们的是一个神圣的秘境，雪山是一个阶梯？是一扇门？或许就是能够拯救我们的佛的化身！

到了山脚下，我们下了车，沿着山坡上修建的一条水泥台阶之字形地往上爬，路的旁边是清亮的池塘，岸边稀疏地生长着一些古老的树木，树冠高大，气势不凡。爬到一块大岩石处就没有路了，尽头是一块摩崖石刻，一行竖字"玉柱擎天"，一行横字"玉壁金川"，站在这里向下看是一片纳西族村庄的黑色瓦顶和宽阔的田野，向上看到处都是岩石，看不到雪的山，但我知道雪山就在旁边，也许翻过这块耸立的山坡就可以看到了。

这时，我看到有一条小路通向山坡的高处，这条小路是从岩石中踩出来的，不仔细看是分辨不出来的，可以想象有许多人也可能像我一样不满足于到此为止，为了更接近雪山而追寻过去。我刚踏上小路走几米，就有人喊，不能上，山坡上的石头是松动的，如果踩掉了你自己危险，底下的人也危险。我停下来，怅惘了好久还是下来了。如果我是一个人，我肯定要登上去的，我不能被一块岩石挡住与一座雪山的相遇。

沿着原路返回，到了山脚下，又看到山峰上的雪了。这座心头上的山，它屹立着，看着它的洁白，我双手合十，我想起生活在故乡的父母，想起我这些年来的行程，想起我脉搏里的血液……虽然我的生命是平凡的，我所走过的道路是曲折的，但没有一丝肮脏，我可以坦荡地面对雪峰、面对洁白而不惶恐。

回去的路上，我一遍遍地回头遥望雪山，面对雪山，我心里有着太多需要叙说的话语。虽然我没说一句话，但我听懂了它的声音：不管身在何处，只要心头是洁白的，这就是世界上的最高峰。

雪山在身后越来越远了，今后，我还会来丽江吗？

也许有一天，时间的雪会重新覆盖在记忆的山峰上。

来编辑部的人

给哥哥送稿子的小妹

下午我值班。

一个人在办公室里，处理了不少稿子。正投入地干着，有人敲门。我回头一看是一个女孩子，她穿着白的裙子，手里提着一个包，走到我跟前，从包里拿出一份厚厚的稿子，递给我让我看看。

我接过稿子，然后告诉她一些处理稿子的规则，如三个月一个周期，没有收到用稿通知，就可以自己处理了等。她笑着站在面前，很可爱的样子，可能对这些规则还不了解。我打开稿子一看，全是一些小小说之类。对她说，我们这儿不发小小说，这样的稿子最好送到报纸或发小小说的地方去。她说这稿子不是她写的，是她哥哥写的，她哥哥为了供她上学，早早地辍学了，她这次回家无意中看到哥哥写了这么多东西，觉得哥哥很有才，如果哥哥能上学，可能比她更有出息。来合肥上学时，就把哥哥的这些小说捎过来，想请我看看，能不能选一些发表。

听她这样一说，我的心里就动了一下，看到地址是利辛县某个乡村的。我仿佛看到大平原上一个青年劳动的身影，他从田野归来，文学在他的体内激荡，他趴在农家简陋的桌子上，写下他青春的理想。

稿子在这儿碰壁后，她感到有些失望，恳求我看看能否给她提点意见。我能说什么呢，我不能发人家的稿子，还要再说一些让人家泄气的话吗？我只能从鼓励的方面说，写得不错，有一定的基础，但投稿要选准刊物，不能盲目等。

我说，你看过我们杂志吗？她说在学校图书馆里看过。我又找了一本新的杂志送她，她接过去，我说这本杂志送给你哥哥了，她惊喜起来，又问我去报社怎么走，我告诉了她。临走，她把办公室的门带了一下，然后从半开的门中，回过头来，对我说再见。

这个小妹妹，她还要给哥哥问多少路呢？

他的故乡很穷

上午，编辑部来了一位送稿子的小伙子。他穿着一身黄色的上衣，怯生生地走进来，我一抬头看见了，问他有啥事，他说是送稿子的。大家都在忙着，我便说，稿子交给我吧。青年从塑料袋里拿出一个练习簿来，说文章都写在上面，还没来得及誊。我接过一看，这是一本廉价的本子，纸已经软了，上面用黑色的钢笔草写了许多字，我看了后就觉得好笑，还没有见到过这样送稿子的，最起码是对编辑不尊重吧。

我对他说，稿子就放这儿吧，能用再通知你。这是处理稿子的潜规则，先把人打发走，否则，人抵着面，你说人家稿子不行，人家向你提出这样那样的问题，多费了口舌不说，有时还弄得双方都不高兴。

青年说，你帮我看看。我推辞不过，说，这么一本子，你让我怎么看，你选一篇自己认为好的让我看。青年起身，翻开练习簿，找到一篇《藏在深山人不识》。

文章是写他故乡的，他的故乡在山区里，那里山清水秀，风景怡人，乡亲们勤劳，接着他又慨叹说故乡虽然美丽，但是贫穷。从文章来看，他有一定的描写功底，可显然太浅显了，这也是业余作者的通病。我给他说了自己的意见，他听了，觉得不好意思起来。然后，向我打听创作方法，我给他讲了一些道理，其中就说，以后稿子不要抄到练习簿上了。他说，他在外打工，许多时候都是趴在床铺上写的。工地上条件不好，有时候趴的地方也没有，所以字写得不工整了。

他看到我的桌子上有一大堆稿子，感到很神秘，说能不能让他翻翻，看看别人的稿子是如何写的。我拒绝了，我说，这些稿子大多是不能用的，你还是看杂志上的文章，那上面发的都是好作品。

青年终于走了，我再坐到桌前，心头忽然有了点异样。我为什么就不能让他翻翻这堆稿子呢？他很失望吗？

她为逝者而写

办公室的门被敲响，回头看时，一个女青年站在门口。她穿着一件红色的衣服，头上扎着一个马尾巴辫子，我问，你找谁啊。

她怯怯地走了进来，一动不动地站在我的面前，双手交叉地握着，手里提着一个白色的塑料袋子，手提袋子已有了许多折痕。

她说要找某老师。她看着我的眼神是直直的，眸子里仿佛有一种沉重的东西，这种感觉使我怕遇上一个扯不清的人。我们做编辑的就怕碰到这些作者，在这种情况下，我们总是礼貌地把人家打发走就算了。

我告诉她说，某老师不在，她的腿扭伤了，在家休息。她有点失望的样子，然后就出去了。

我手头上的事很多，埋头忙起来。过了一会儿，她又回来了，走到我的桌前，怯怯地说，我是来投稿的，你帮我看看吧。我说，你把稿子留下来就行了。她没有拿稿子，而是拿出一个蓝皮子的什么证递到我面前，我接过一看，是教师证。我的心里通的跳了一下，哪有投稿还出示证件的。我对她说我们不看这个，我们看稿子就行了。她慢慢地从手提袋里拿出一个硬面抄，说这些是诗歌，她家里还有一些散文没有带来。

我接过来大致地翻翻。这是一个蓝皮子的硬面抄，字写得还工整。她又说，我只是写着玩玩，也不知道如何写，从来没有人指导过我，我从小就喜欢写日记。她似乎还想往下说，我打断了，说，你把地址姓名写上，以后好跟你联系。她把本子拿过去，在扉页上写了。我问她，这个本子你还要吗？因为有些作者稿子发不掉就不要了，我们就可以处理。她说，还要的，你能告诉我你的姓名和电话，下次我找你，或者我来拿。我不想告诉一个陌生人这些，况且我判断她精神可能有问题呢？我犹豫了一下，为了不让她下次还来找我，还不如当场把稿子解决了。

她听说我要看稿子，很高兴，在我对面的椅子上坐下来。

我快速地看着硬面抄上的诗，诗大多写的是自己的心情，其中有许多诗是给一个男性写的，有着浓浓的情绪，虽然抒情，但语言和技巧都旧了，在我们刊物上不可用的。

她说她原来是不写诗的，后来因为一件事，才开始写起诗来。

我对这个倒有了兴趣，是什么事改变了她，让她写诗了？我顺口问她，是什么事？

她从手提袋子里拿出一张报纸，这是一个专版，她说这上面就是写她的，她的丈夫患白血病去世了，在陪护他的两年时间里，她写了八本日记和这一本诗歌。后来，报社的记者去采访了她，给她做了这个专版。

原来是这样，她是一个痴情的女子啊。我看了报纸，上面选载的几篇日记确实有真情，写出了她与丈夫在一起面对死神时的心情。

面对这样的女子，我有了恻隐之心，问她现在的生活情况。她说，她在小学里教三到六年级的外语，还代五年级的语文课，她现在和一个女儿在一起生活，上面每月给小孩抚恤金180元，教师的工资每月千把元钱，够生活了，但丈夫住院借了不少钱，要还的。

我把本子还给她，给她认真地说了存在的问题，以后写作时要注意的事情，然后，我又拿了几本我们才出的杂志给她，她很高兴地走了。

她走了后，我坐下来，心情却不能平静了，一个女子在生活最艰难的时候，是诗使她找到了支撑。她愣着的眼神里，不应当是排斥，而应当是对希望的追求。

打电话的作者

电话响了一会儿，我拿了起来，是一位男性作者来询问稿子情况的，他说话怯怯的。我问他叫什么名字，他说叫汪梦行，这个名字我熟悉，比较特别，有着上世纪二三十年代的浪漫主义色彩。记忆中，他的诗都是用圆珠笔写的，抄在方格纸上，底下置的地址是庐江的一个什么村子。我对乡下的作者一般都比较注意一些，因此对他的名字也就有了印象，印象中，他写的诗不长，但语言技巧都较陈旧，感觉他可能是一个老人。

我说，我看过了，稿子不能采用。

是不能采用吗？他重复了一下，是在确认。

我说是的。

可能感到他在电话那头很失落的样子，我又说了几句。我说，你的诗歌语言很陈旧，意境很浅，这样不好。因为，是电话，和对方也不熟悉，不便多说。

他那边沉默了，没有了声音。

我问，你是一位老人吗？

他说，不是，他才三十多岁。

这出乎我的意料，我一直以为他是一位老人，才写那样 50 年代的语言。我判断错了，我对他说那你就是读书有问题，你要找一些现代的东西读，读书不好，你写出来的东西肯定就不好了。

他似乎有了顿悟，说是的是的。

放下电话，不知道这次短短的通话能否改变他的创作。

我 的 老 乡

上午，办公室里来了一个作者，他穿着一身黑色的衣服，右手拎着一个黑色的塑料皮包，高大的个子怯生生地站在门口。我问他找谁，他说是送稿子的，我接待了他。

他坐下来后，从黑色的皮包里，拿出几篇诗稿给我。稿子是用蓝色的钢笔抄在《安徽日报》稿纸上，我知道用报社的稿纸来抄写稿子，对于一位作者来说，就是最高规格了，一般情况下作者是舍不得用这种纸的。

看了他的诗，写得确实很一般。我委婉地对他说，这些诗在我们这里不好用。这句话不冷不热，不得罪人。他听了后，又问我能不能再看看，提点具体意见。

一般情况下，编辑是不提具体意见的，因为判断一篇稿子能不能用，用直觉就行了，但要说出具体意见，却要用理论来分析的，要认真看，不能瞎说的。另外，有些作者固执，你一说得具体了，他就会和你争执。

我们坐着，相互都没有了话，我开始收拾桌子上的稿子，准备做事了，这意思也是告诉他可以走了。

他有点失望，开始收拾稿子，最后，他问我叫什么名字，我给他说了，他高兴起来，说我听说过，你是肥东人。肥东是我的家乡，家乡搞文学的人大都知道我。他说着，又把稿子从包里拿出来。因为已公开了我们是老乡，我就只好给他再详细地说了一下。

他果然满意了，接着，他从包里拿出一本诗集来，这是他早年自费出的。一本薄薄的小册子，封面是白色的，印刷也粗糙，一看就知道是那些恶劣的小商人做的，但他很看重这本诗集。

他说他是乡下的一位教师，一边教书，一边侍候家里的几亩地。我看他结实的身子，就知道他是一个好庄稼汉子。

我说把这本书送一本给我吧，我主要是想了解一下肥东的作者情况。他很高兴，在扉页上写了名字，又从包里掏出印章来，认真地盖上，我看到他粗硕的手指皱出了许多细细的黑黑的口子。

做完这一切，我把他送出了门。

同 学 来 了

我坐在办公室里，听到门口有人问我的名字。我回头看了一下，是一位男子，穿着一身黑衣服，他一见我就大步走进来，拉着我的手，问我可认识他。我经常在外开会，人家记我好记，我要记住人家却不太好记。我看着他的面孔，在脑子里搜索。他身材中等，手是粗糙的，穿着一件黑的人造革上衣，下摆的地方还挂了一个口子，面孔黝黑清瘦。我第一个感觉这是一个乡下人，但我实在想不起来是谁了。我不好意思地说，对不起，我想不起来。他说，我是你高中同学吴国余，我们一道在杨塘上的高中啊，二十多年没有见面了。这样一说，我的脑子翻过来了，我们班里确实有两个姓吴的同学，但样子已全模糊了。

我让他坐下来，给他倒水。他从怀里拿出一个自带的杯子，我往里倒开水时，杯底里浮出一层红色的枸杞子。我们坐下来，我问他来找我有什么事。他说，他住在村小学对面，开一个代销店，前天，乡里的邮递员来，他要了一张《肥东报》看，正好上面有我前不久参加肥东记者节的照片和讲话，他看了很激动，对别人说这是他的同学，高中时的样子还没变，就打电话到肥东报社找我。人家告诉他我在合肥上班。今天一早，他就揣着这张报纸找来了。说着他从怀里拿出那张报纸，我看到他在我的名字下，用笔画了线的。看得出他找到我时的激动，他说话的声音有点高，我都不好意思，怕打扰了大家，但又不好阻止他。

第一次来找一个二十多年没见的同学，他还是有点不自信的，他和我一遍遍地说着班里同学的情况，如某某同学现在在哪里，某某同学当时做的事等等。他说来之前，还想要把我们当年的毕业合影照片带着，怕我忘了，好指认。但他说的确实是我们班里的情况，我也就不多疑了。记忆中，学生时代他好像是胖胖的，淳朴的样子，一个农家孩子没有什么突出的地方，只是学习较勤奋，希望通过高考能改变自己的命运，毕业后，同学们各奔东西失去了联系。有时聚会也是只注意那几个有作为的人，对普通的同学越来越淡忘了。

我问他来找我干啥？他从又内里的口袋里，拿出几张折得有深深痕迹的农村报，指给我看。那上面登载着国家要在新农村搞一批图书阅览室，他在上面画了一道道红的和黑的线，看出已看过多遍。原来，他想搞一个图书阅览室，因为他们那里正在搞新农村建设，村子里很支持他搞，想请我帮帮忙。我想了想，如果在书籍上我倒可以帮点忙的，我们这儿书多，另外还可以做点宣传工作，至于政府那里，就不好说了，他听了后，说这样就行了。

中午，我请他吃饭，这么多年没见面了，人家找上门来，一定要表达一下心意。他一进那个窗明几净的饭店，就有点发怵。说吃点大排档就行了，我点菜时，他一定不让我点好的。

席间，他对我们这些在城里工作的同学很羡慕。他说自己高考没考中后，就回家种地了，父亲在他八岁时就给他定了一门娃娃亲，自然就结婚了。我说感情不错吧，从小定的娃娃亲感情应当很好。他叹息了一声说，孩子都这样大了就不说了。看来有许多难言之隐。他邀请我春天的时候去他家里玩，他家的前后都是桃园，五月份的时候，遍地都是桃花，就像发大水一样，所有的房子都被淹没了。

下午，他要回去，送到公交车站，阳光照着他的脸，他努力抬起头来，额头上的皱纹已经有了许多。

身 在 城 里

找我办事的大哥

宏会大哥来城里找我，他在电话里说，他在一家小代销店的门口，现在这儿的房子都扒了，修了一条宽阔的大马路，他认不得了，找不到我家了。大哥没有手机，他是用公用电话打来的。

我问清了他的位置，我说，你一直往下走，我站在阳台上看你。

过了一会儿，我想他可能到了，就站到阳台上朝马路上看，但一直没有看到他。马路上不断有人走过，男男女女，穿着光鲜。大哥是一位朴素的农民，我一眼就能从这些行人中认出的，但一直没有看到。没有目标，我也不能下楼去乱找。

外面是炎热的，没有一丝清凉的风。阳台上的几盆花，长得正旺，正是我喜欢的样子。过一会儿，下起了暴雨，雨下得很大，路上的人一下子消失了。大哥在哪里？他会不会淋着？我担心起来，好在雨下的时间不长，一会儿就停了。

大哥还没有来，我有点焦急，又来到阳台上张望，终于看见了他。他的手里提着两个袋子，高高的身子微微地弓着。过了一会儿，我听到他上楼了，我把门打开，他一进家，就要换鞋，他知道城里的人家和乡下的人家不同。我找了一双拖鞋给他，他把脚上的鞋脱下，那双鞋放在门口肥大的像小船一样，然后再把两个袋子放到厨房里。我打开看，一个袋子里装的是咸鸭蛋，另一个袋子装的是辣椒。鸭蛋是大哥自己家腌的，能放几天；辣椒是昨晚才从地里摘下来的，上面还粘着泥巴，新鲜可爱得像一只小动物。带了这么多东西，我就怪他，因为大哥在乡下的生活也不好。

大哥坐下来，说这次来想让我找找县里的人，看能不能吃上定补。说村里的谁谁条件还不如他，都吃上了。大哥是我的堂兄，从小是个孤儿，是奶奶把他带大的，他比我年长几岁，我们从小在一起玩，他总是护着我，有着很深的感情。大哥这几年生病了，不能从事重体力劳动，这在一个农民家庭就是天塌了，大哥家里的生活越来越艰难。

听了大哥的述说，我分析了一下，感到爱莫能助，大哥听了沉默起来，一时我们兄弟俩面对面地坐着没了话语。在乡下，一般一个大家庭能有一个人在城里工作，就是这个家庭的顶梁柱了，家里的大事小事都要找来，看能不能帮上忙。他们在田间地头转能认识谁呢？可我是一个没用的文人，经常让他们失望，我感到十分的惭愧。

中午吃饭，因为大哥有糖尿病，我不知道他能吃什么，就从街上买了几个玉米面的大馍，买了一点卤菜。我吃米饭，大哥吃馍头。那种粗糙的黄色的馒头，大哥用手掰着，大口大口地吃，不断有渣从他粗大的指缝间掉到桌子上，他又拾起来放到嘴里。我劝他多吃点菜，大哥说，得这种病就苦命，一定要忌住口的。

吃完饭，大哥就要回去了。他下楼后，我仍然站在窗口望。大哥高高的身子微微地弓着，我知道太多的沉重压在他的身上。

卖西瓜的小贩

下班，在路口看到一个卖西瓜的手扶拖拉机，男的穿着一身粗糙的衣服，他扛着一蛇皮袋子西瓜给买瓜人送去。女的皮肤黝黑，但五官轮廓清晰，衣服肥大，在卖瓜。车上的西瓜滚圆，瓜蒂上还带着绿色的叶子，新鲜得让人看了一眼，舌尖上就会渗出甜意，我和妻子决定买一个。

女人给挑的瓜，用秤称了，十斤弱了一点，看着他们也不容易，我就说，就算十斤吧，就给了十斤的钱。

瓜拿到家里，吃过晚饭，就开了吃，结果瓤子倒了，很泄气。想这几天买瓜都不顺利，昨天买了两个西瓜，一个都不能吃，很生气，和妻子提着瓜去找，卖瓜人早不见了人影，这次又碰到了。妻子说下楼去找，我想过了这么长时间，人家该早就走了，但还是提着半片瓜去了。到小区的门口，看到一个卖瓜的车子，妻子说可能就是这个卖瓜的。我们上前一看，果然是他们，车子里的瓜卖完了，男人送瓜没有回来。我们把瓜拿给她看，女的说，这个瓜确实坏了，不能吃了，明天我还来，保证给你换一个。女人说完，把瓜扔进了旁边的垃圾箱里。

我说你还是把钱退给我吧，你明天来了我再买，要不你明天不来了，我到哪儿去找你。女人说，我不能为了你这一个瓜就不来了，我们家的田里还有几车瓜要卖哩。

我说，我们也知道你们卖瓜人不容易，但我给你的是钱，你们要守信用。女人说，我们不是那种人，不就一个瓜吗，我还能不守信用？大概由于瓜卖完了，女人的心情好，她始终笑逐颜开地和我说。我发现她话音里有着故乡的尾音，一问，果真来自我的故乡。故乡离合肥不远，常能碰到卖西瓜的人。因为是老乡我就勉强同意了，我又告诉她晚上收钱要注意，不要收到假钱，晚上回去走路要小心，开车累了，停下来歇歇再走，碰着别人，或给别人碰着都是不得了的事，一定要注意安全。

第二天，我按照约定的时间到小区门口，老远就看到有一辆手扶拖拉机，果真是他们。他们一见我来，就挑了一个大的西瓜递给我，说，小孩子昨夜发烧，上午还在打吊水。父母都不让来，他们惦记着欠我的西瓜，就来了。

他们的话令我感动起来，我忽然觉得这一个西瓜不重要了，这个圆圆的瓜是人与人之间的信任纽带，倍感温馨起来。

卖玉米的母子

走到马路上，看到一个妇人在卖玉米。

妇人的头发蓬乱着，里面有了根根灰白，衣服是乡下最常见的那种肥大，这有利于在地里干活，她的脚趾上面还粘着泥。旁边的塑料布上，放着一些苋菜，也是纷乱的。她的旁边蹲着一位男孩，男孩长着和她一样的面庞，一看就知道是她的孩子。男孩用一把破旧的砍刀在一下一下毫无目的地切割着废弃的玉米穗子，也穿着肥大的衣服和一双肥大的塑料拖鞋。我蹲下来问玉米时，妇人说，这玉米嫩哩，刚从玉米地里扳下的，人家卖的便宜我知道，那是黄的了，老了。

男孩停下手中的刀，也在旁边说，我家的玉米还要长的，现在扳下来都有点舍不得的。

我可能是他们的第一个顾客，他们急于要把自己的东西推销给我，显出很迫切的样子。我捡了几颗玉米，称了，也不想看秤，也不想还价，他们在乡下劳动很辛苦的，让他们多赚几毛钱。

妇女把玉米称了，但算账时却翻着眼老算不出来，便回头把重量告诉了孩子，让他算，少年用刀在地上划了几下，算出是两元多钱。

给了钱，我提着玉米走，仿佛看到他们在玉米地里穿梭的身影。玉米的杆子是高大的，田地里一片绿色，他们每扳一下，就发出叭的一声，这些小小的声音，在玉米地里不断地响着，在少年的耳朵里充满了兴奋，因为他可以和母亲去城里了。

现在，他们在城里的马路边，铺下一块塑料布，把玉米放在上面，白色的玉米在城市的马路边上发着微弱的光亮。

吹唢呐的人

唢呐的声音，我在很远的地方就听到了，响亮，流畅。

街道上都是来往的人流，有个女孩子穿着紧身的衣服，胸脯在脚步中轻轻地抖动；有个男孩子头发竖立着，耳朵上打着几个耳环，脚步有着许多犹豫。这是一个迷情的街道，男男女女的脚步中都残留着挥金如土的欲望，像蔬菜里残留的农药，爱情常常为此不知不觉地中毒。

唢呐声又响起来，这种民间音乐，只有在乡下才能听到，曲调婉转，仿佛一个人的在流利地述说，说着乡哩土语。

街头的人流越走越多，没有尽头。骑着摩托的人，鸣叫着，轰隆一下蹿到前去；小贩们的小摊子摆满了马路的两旁，他们摊子上的蔬菜瓜果，鲜亮中带着田地的色彩。

唢呐的声音已在跟前了，怎么还没有看见吹唢呐的人？声音是从地底里冒出来的吗？

我仔细地寻找，忽然看见，在小贩们的摊子中间，一个双手残缺的青年，他赤裸着上身，皮肤紫黑，坐在地上，他的上衣摊在眼前，里面放着几枚硬币，两只光秃的胳膊托着铜的唢呐，满面的沧桑在鼓起的气息中，向管子里奋力地吹去。

他太矮小了，但吹起的声音响彻了满条街道。

我站在他的面前，丢下一枚硬币，他的衣裳在阳光下多了一道小小的光亮。

夜 归 的 人

夜深了，有人拍打铁门并吆喊着。

这是一个夜归人，一扇门对他关闭了。

我抬起头来，外面是一团漆黑的寂静。

拍打铁门的声音更急迫了，伴着声声吆喊。我不知道这人身在何处，但这浓厚的黑，会是史前的岩浆，慢慢包裹他，凝固他，直到他成为这个夜晚里的一块化石。

那扇门是一个通道，它为什么就关了呢？

是门与黑暗达成的一个阴谋吗？

一个夜归人，他选择了这扇门，他必须要站在这儿敲打，他发出的声音在这黑的深处，有了刃的寒光。他可以举起双手，托起这黑，不让它降临，他可以撒开双腿，在这黑里奔跑，不让这黑追上他，然而，他不能，他选择了这扇门，门前门后，只是一张薄薄的光阴，但却阻挡了他。

许多人都听见了他拍打的声音，但没人能够帮助他，他的悲剧是面对一扇门，他没能获得一把钥匙。

在这样深的黑里，大家都睡去了，唯有他在敲打。

这扇门已忘记了夜归的人，它紧紧地关闭着。

住宾馆的人

早晨起来，舒服得很。昨天别人把他安排住在宾馆里。

床上的床单是白的，枕头是白的，地毯是红的，硕大的窗帘遮住了半边的墙壁，从窗帘的缝隙里看到外面的天是白色的了。看来天已不早，不想起床，只想睡在这里，当个大爷，一刻值千金啊。

又躺下去，睡了一会儿迷迷糊糊地醒来。去厕所，赤脚走在软软的地毯上，厕所里的灯是明亮的，人一进去，就从硕大的壁镜里看见自己光着的身子。身子有点臃肿了，背上也驼了一块，头发蓬乱着，额头上的皱纹也一条条的清晰可见。

撒了一泡尿，很大的一泡尿，肚子里空了起来，感到很舒服。

回到床上，睡不着了，睁着眼，白色的被子斜搭在身上。拿来遥控器打开电视机，里面没有想看的节目，关了起来。起床去吃早饭吧，不要弄晚了没有早饭吃。

穿好衣服，走到窗前，拉开硕大的窗帘，从窗户外就可以看到远处了。远处是一个湖，湖边是绿色的，湖心里有一个小岛，岛上也是绿色的。湖的岸边就是马路了，有一架高架桥通向远处。桥上桥下，车水马龙。太阳是金黄色的，看来很炽热，尽管室内是清凉的。

下到一楼找到餐厅，里面已有许多人在吃饭了，饭很丰盛，自助式的，吃饱后，再回到房间。把东西收拾好，几张小便笺印刷得也很漂亮，拿着。

退了房，走到楼外，热浪扑面而来。背着包，走在行人如织的马路上，车流轰轰，慢慢地又回到了一个俗人的角色里，身子沉重起来。回首身后的那座大楼，在阳光下矗立着，那里面是一个天堂，是一个秘境，但再也不属于自己了。

父自故乡来

早晨，我坐在阳台上，凉风习习。这样的凉爽也只能维持几个小时，太阳出来了，天就会死热的。

门被敲响，我想可能是父亲来了，父亲从家里打电话说过来的。

起身去开门，是父亲。父亲手里提着一个蛇皮袋子，袋子剪了一个小洞，一只小鸡黄色的脑袋伸在外面。父亲把鸡放到厨房里。我抱怨他不应该带鸡来，母亲养几只鸡也不容易，带来给我们吃了干啥。父亲身上已汗湿了，他坐下来，我打开电扇让他扇。

过了一会儿，父亲说要回去，这让我吃惊。一般来说，家里来人都是吃过饭，下午乘车回去的。父亲说城里太热。我看他扇电扇还嫌热，便让他到阳台上来。父亲把上衣脱了，打着赤膊，坐在阳台凉爽的风里，安静下来。我也不看书了，和他一起坐着聊天。我们说说家务事，说说村子里的情况。

父亲说，这次来是来拿小妹户口本的，小妹夫妻在外打工，年前把户口本放在我这儿。父亲说国家大概要补偿前几年在地里栽树的钱，没有户口本拿不到；四弟去宜兴帮大华做工程了，大华在那里生活。三弟在肥东干活，这两天回去了，在家里打水，家里已好多天没下过雨了。弟媳小群的小店经营得好，货也多了，村子里的其他几家小店全都关闭了。我家邻居的婶子可能过不去了，现在就睡在家里，喂点水。大老头也病倒了，大老头无儿无女的，今年村子里大概要有几个人渡不过去了（去世）。

这是关于村子里一种生命的痕迹，每次听到这些生命在一点点地逝去，我就感到一种莫名的悲哀。他们当年都是村子里的大树，撑着村子里的天空，他们在我们童年的心灵里都是强大的，尊严的，在我们记忆里烙着坐标的印痕，现在，他们一点点地老去，呈现出生命的衰弱的最后时光。在他们离开的空地上，长出一片新的树林，这些后来者，呈现出更加强大的姿态，在故乡的天空下，形成新的绿荫。当然，随着这些坐标的老人一点点地失去，故乡也只有在对往事的回忆中了。

我们说着话，有时没有话了，就面对面地坐着。我想起一句旧诗"君自故乡来，应知故乡事"，父亲给我带来了更多的故乡信息。

阳台上的几盆花开得正好，在风中轻晃着，太阳花红色的黄色的白色的花朵十分好看。仙人球不开花，但根根刺密密地织成了自己的安全距离，坚硬的球体里也饱满着旺盛的生命力。滴水观音硕大的叶子向上托举着，像一盏盏小碗盛满了阳光。

过了一会儿，父亲说瞌睡来，想睡觉。我就把凉席铺在客厅里，开上电扇。父亲睡下去了，父亲睡觉枕头要很高，他在枕头下又放了一个茶叶盒子，父亲弯曲着身子，很快睡着了。

到中午了，我下楼买了一些卤菜，吃饭时，我一再要父亲多吃菜。但他大口大口地吃着米饭，一碗米饭一会儿就吃下去了，我就有点生气。说你怎么只吃饭不吃菜，在我这儿还客气吗？父亲夹了一些菜，又开始大口地吃米饭。父亲问这米多少钱一斤，我说一元多。原来父亲觉得这米好吃，因为在家里吃的都是糙米。

吃过饭，父亲要回家，父亲下楼去了。我站在北窗，看到父亲在过那条宽阔的马路。父亲穿着白色的上衣，深色的裤子，光着头，在炽烈的阳光下，显得十分的匆促。马路上没有什么车子，他的身子走在黑色的路面上，就成了一个晃动的点。我又想起，这个曾经在苦难中撑起家庭的身子。

父亲走了，我回到厨房，看到那只露着金黄色脑袋的小鸡。我把它从垃圾桶里拿出来，给它一块瓜皮，撒点米，放点水。小鸡先是对我很凶地叨了几下，然后看见米了，就啄了起来。我想象着它在母亲房前屋后的快乐，现在，它失去了自由，想到这里，我又不忍起来。

买袜子的民工

他紧缩着身子，从女孩的摊子上拎着一双黑色的棉袜子，问多少钱一双。

女孩正打开胸前的小包，要给刚买了一双手套的人找零，没有搭理他。看出来他就是附近工地上的民工。

他又问了一声。

她抬起眼看了他一下，说五块两双。

他小声地说，两块买一双吧。

女孩说，一双三块。

女孩说完又去忙碌了，路灯黄的光照在她的摊子上，还有他蹲着的身子。

风刮起来了，他的身子仿佛是一张纸片，随时都会飘起来，但他的手里还紧握着那双袜子，他仍在说，两块五一双吧。

女孩瞅了他一眼，说，我两块进的，只能赚这几毛钱，好了，你拿去吧。

他感激地从怀里掏出几张皱巴巴的票子，递给女孩。

他坐在马路牙子上，把这双厚的棉袜，穿上了双脚。这个冬天他能温暖吗？

拾垃圾的人

拾垃圾的人，背着肮脏的袋子，穿梭在马路边不锈钢的垃圾筒前。

两旁的高楼林立着，光亮的人群穿梭来往，不锈钢的垃圾筒被清洁工擦拭得锃亮，它代表着这个城市的风度，楼上的霓虹彻夜闪烁，把夜色涂抹得一身妖艳，而拾垃圾的人，他的身影始终是一团黑，一团贫富间距离里的黑，一团生活锈蚀后无法擦亮的黑。

他把枯瘦的胳膊伸进深深的筒里，他的身体紧贴着垃圾筒，倾斜得与它亲如兄弟。

时间在这一刻停止。

垃圾筒的内里是一个窄小的黑暗的铁屋子，他伸进去的五个手指是五个勤劳的汉子，他们在里面弄出的一点细小的声音，在这个热闹的街头像一个爬行的小虫豸，卑微而脆弱。

他抓起一只塑料瓶子，迅速放进肮脏的袋里，然后赶往下一个不锈钢的垃圾筒，他的脚步被饥饿追赶着，仓促而沉重。

拥　挤

如果我要不去市里，我就感觉不到这场拥挤了。

商场里的电梯上，站满了人，像两条暴雨中的水流，不停地流淌。

马路上的车子排着队行走，这些钢铁的家伙在路的两边组成了两道钢铁的城墙，仿佛风也吹不过。

步行街上，人群像混杂的鱼群在捕食，来往穿梭，肩碰着肩，面迎着面，有乡下来的农妇，她的在城里打工的孩子紧挽着她的臂膀，怕她走丢了。有一位妇女怀中抱着孩子，孩子已睡着了，头歪在她的肩上。

橱窗里的模特穿着时尚的衣服紧靠着，没有眸子的眼睛看着街市上的人流一片空茫。

小贩举着的竹竿上，也是拥挤的，毛线编织的小人一串串穿在竹竿上，五颜六色，像一条街市。

书店里的书，紧挤着抽不动。

女孩子拿着的气球，在头顶上飘浮，一团一团的，像鱼在缸里吐出的一串串泡泡。

公共汽车停下来，里面已没有了空间，像一块巨大的石头，沉重而坚硬。但门一开，窄小的门里，拥上黑压压的人群，还在拼命往里挤，但挤上去的只是一两个人，紧贴在门口，车子艰难地关上门，轰鸣着离开。

我好不容易乘车回到家里，坐在沙发上，空间里一片宁静，不再拥挤，不再嘈杂。

阳光下的流浪汉

上午的阳光很好，我看到金黄的阳光从门外照到我的家里，我的心里就涌起一股欣喜，就想去歌颂它。在寒冷的冬季里，它使我们感到温暖，而又是不需要付出任何费用的，这是最大的公益。它的光芒照亮了我们心底里最小的角落，使我们心地明亮，而没有一丝阴影。我的身体里有一个体温表，随着阳光的温度而升高。我想在阳光中坐下来，而身体被阳光覆盖，就像鱼儿潜在水里，然后自由舒畅地游动。

我刚从马路上走过，看到一个流浪汉，他不停地在自己的身体上捆着一道道绳子，从脚上到腰身到脖子。他想用绳子捆住温暖，大概捆得越紧获得的温暖越多。他在身上越捆越紧，但他也用绳子捆住了自己，他想用牺牲自由来换取温暖。现在，阳光不能唤醒他，松开身上的绳子。

骑摩托车的人

中午下班，乘公交车回家。到一个路口，正好遇到红灯，公交车停了下来。

看到人行道上，一个壮硕的男子拉着一个骑摩托车人的领子，在说话。看样子那个壮硕的男子很凶，好像是城里人，骑摩托车的男子身子单薄了些，看样子是乡下人。他骑在摩托车上，对那个城里人不断地点头。过了一会儿，忽然看到那位壮硕的男子用手里的塑料袋朝骑摩托人的脸上一下一下地砸着，那个塑料袋里装了东西的，沉甸甸的样子。我这才知道两人发生了纠纷。骑摩托车的男子没动，那壮硕的男子便抓着他的领口，说几句话后，又在他的脸上打了几下。骑摩托的男子没有一点反抗的意思，可能被打得很厉害，他不停地朝地上吐着口里的血水。我不忍看下去，我不知道这位骑摩托车的人有了什么过错，即使有了过错也不能这样对待人家。我的牙齿咬得格格地响，但我没有功夫，否则我真想上去帮助他。

路口的人都看到这一切了，但没有一个人过去说一下，骑摩托的男子显得很无助。

中午的阳光很火热，照得人的眼睛睁不开，但明亮的阳光下，这一幕的发生还是令我震惊了一下，我睁不开的眼睛努力睁大着。

绿灯亮了，公交车载着我们向前流去。我回了一下头，两个人还在那里，我的心里莫名紧张起来。

花 冲 公 园

广场上，人群熙熙攘攘，有卖小吃的，有擦皮鞋的，还有卖色相的，这儿的老年人多，他们三五一起坐在花栏的台边上说着话，或沉默着。太阳晒在他们闲懒的身上，像晒着一堆堆石头，他们偶尔仰起的脸上，布满了皱纹和茫然。

擦皮鞋的女子，是上了年纪的，也有几个腰身很好的年轻女性，这些人大多来自农村，随做工的丈夫来到城里。她们搬着一个小板凳一个小盒子，坐在路边专看行人的鞋子，然后喊一声"可要擦皮鞋呀"。

有几个卖色相的女子，一副外地人的相貌，面孔上抹着很重的粉，穿着艳丽的衣服，在广场上转来转去。她们实在是不能看的，只有一些上了年纪的老人，在她们的身边瞅来瞅去。

有一群人围着，上前去看，两个老人在跳舞，一个女人在旁边唱歌。舞者手握一根系满了红花的竹竿，在身体的不同部位敲，发出哗哗的声音，女子拿着微小的麦克风几乎是等于在清唱："毛主席是心中的红太阳，我们有许多贴心的话儿要对你讲……"这大概就是"文革"时代的表演，可以想象那个时代，他们身上的青春，时间过去了这么多年，他们又走出来了，但他们的表演有着出土文物般的古老和陈旧，需要认真地清洗。

有几个女人在为人掏耳朵，男的坐在凳子上，女的站在身旁，手指间夹着各种不同的工具，有小毛刷子、小夹子、小挖子。她提着男人的耳朵，在阳光下小心地掏着，换着各种不同的工具，男人享受般的像宠物一样。

这样的广场，它不大，在社会的最底层展开着，虽然也有雨水也有阳光，但它袒露着，没有一丝障碍。

开　光

今天是龙泉寺大佛开光的日子。

车子沿着宽阔的公路走，然后，转了一个弯，上了一条狭窄的柏油路，路两边的房子就越挤越近了，再往前走，拐了一个弯，就是一条石子路，车子开始颠簸起来，灰尘也大了起来，偶尔一阵风刮过，扬起的灰尘就像雾一样弥漫。

眼下是农历三月中旬，田野里的油菜花已渐渐的稀薄起来。春天里一片广阔无边的油菜花能使人的心情变好，使阴暗无处躲藏，现在，油菜花落了，就让人感到春天太短了，仿佛能看到春天正在一步步远去的背影。

到山前了，连绵的青山中间被炸开了，露着白色的石头，像一个人好好的皮肤被剜去了一刀，露出一个血糊糊的口子来，十分的刺眼，大家就感慨这种为了蝇头小利而严重破坏大自然的行为，太得不偿失了。

车子一直往山腰处开，一会儿，前面就有了一个岔路，大家正犹豫着怎么走，只见路边有一个水泥块，上面用红漆写着"南无阿弥陀佛"，就知道这条路是去庙里的了。

往前走，路更狭窄了，路上的石头也更大了起来，路边的野草就要蔓延到路的中间了。山坡的一边是杂乱的树木，仲春的季节，枝头都升起了一层嫩绿，路边偶有几棵高大的树木，很有气势地站立着，枝头蓬勃，呈现出旺盛的生命力。

庙在哪里？怎么还看不到？车里有的人急了，问。

你没听说过吗，山里有一个庙，庙里有一个老和尚。有人幽默地回答。

哦，庙在山里。问的人似乎恍然大悟。

再往前走，路边停满了各式各样的小车，还有几辆外地的出租车，心里便不免惊了一下，那么远的路，也有人打的过来吗？

车子停得很密，几乎接近混乱，只有下车，人擦着身子才能在两车之间挤过去。

终于看到绿荫中的一块飞檐了，那就是庙了。走到跟前，一整座房子就出现在眼前。

庙不大，是后来在老庙的基础上翻建的，庙门也不大，就像北方富裕一点人家的四合院的门楼。

庙门前的一块空地上，摆了一溜小摊子，算命的，在地上铺了一块布，上块画着八卦图，卖字的，字也是知恩必报之类的佛家语，卖小挂件的，在两棵树之间拉了一根绳子，那些小佛像、小珠子等，就系在上面，一长串，像夏天里从槐树枝上挂下来的吊死鬼的虫乎。

人很多，有年长的，有年轻的，还有时尚的女孩子等。庙门前，摆几张桌子，上面挂着一块红布，上面写着白字"签到处"。

一位老太，穿着一身黑色的衣服，头上系着一条毛巾，正在登记。她的手里拿着一张百元的钞票，登记的男子戴着老花眼镜，在一个小本子上写，然后，抬起头来，问："是哪个兵，兵一般有两个字，一个是当兵的兵，一个是文武斌。"老太说："我也不识字，我来时忘了问老头子了。"登记的人也为难了，说："这是要刻上碑的，把你家老头子的名字刻错了咋办？你家里有没有电话，打回去问一下。"老太说："我家里哪有电话？饭都吃不周正的。"几个人商量了一下，写了文武斌，然后把条子给了老太，说："你回去给你家老头子看，如果错了，就赶紧来改，如果没错，以后就这样刻了。"

从门楼里走进去，迎面是一尊大佛，用玻璃罩着的，屋子里挤满了人。今天的佛与往日的佛有了不一样，佛的周围放满了香客带来的各种水果、糖果、菜子油、面条、饼子，还有饮料等，大概人吃什么，都会想到佛要吃的。

往里走，院子里有棵天竹，长势旺盛，天竹前有两眼井，老人们说，一般天竹都是长在花盆里的，这两棵天竹长这么大也不知道有几千年了，这是龙须，两眼井里的水长年不枯，这是龙眼，龙泉寺就是这样来的。

再往里走，原来是一个院子的，经过院子，里面是大雄宝殿。现在从大雄宝殿到门口的院子里挤满了人，一出门就是墙一样的人的背。捡了一个台阶站上去，看到大雄宝殿里，有一排穿着黄色袈裟、光着脑袋的和尚，他们面对着殿里的佛，在齐声地念经。唱到高处就有鼓敲响，十分的

梦见与叙事

和谐、优美。

这时忽然听见，满院子里都是念经的声音，转身看时，身边的人嘴里都在念着，一处铁的香炉里，燃着香，青烟袅袅，铁的架子上，许多点燃的红烛在微风中轻轻晃动着火焰。

抬起头来，细小的树枝和粗大的树枝在天空混乱地交错着，有几棵大的松树，蓊郁的树冠宝塔一样矗立着，念经的声音均匀地响起，仿佛这些树枝也在念经了，于是，紧紧地合着手掌，也默默地念起来，开始声音是轻轻的，渐渐的就大了起来，有着银子一样的光芒。

旁边的一个老太太，身上背着一个年幼的小女孩，小女孩睁着一双大眼睛，好奇地东张西望着，老太太一动不动地弯着腰，嘴里咏着经。

有几个孩子，在大人的缝隙中钻来钻去的，什么也看不见，经也听不懂。

好长时间，经终于念完了，外面放起了鞭炮声。鞭炮腾起的烟雾，浓浓地升向天空又迅速消散。

那些念经和尚们出来了，一排黄衣在阳光下有着飘然的美，他们来到旁边的休息室，里面的人早已给他们倒好了茶水，他们坐下来休息说话。

外面的人都拥到大雄宝殿里，给大佛磕头，人太多了，门口的人就分批分批地放进去。大雄宝殿里的佛金碧辉煌，端坐在莲花座上，需仰视才能看见佛慈爱的面孔。没有号令，进去的人，一下子全跪了下去，身体一起一伏地磕着头，有一位老太太几次都没有挤进去，就在门口跪下拜了起来。旁边的人连拉带扯地把她拉起来，说，老人家，你要被人踩了怎么办？

大和尚们在休息室里，更衣休息，外地来的和尚还要赶回自己的庙里去，他们相互打着招呼。

大和尚智光儒雅地坐着，一身黄色的袈裟使他增添了无限的神圣，他从茶几上抽了一把面巾纸，不停地擦着脑袋上的汗水，庙里的活动全靠他操心，也真辛苦他了。

过了一会儿，一个妇女领来一个小女孩，妇女让小女孩子双手合十，跪下去给智光大和尚磕头，小女孩按照大人教的，就跪下去了。小女孩子站起来时，智光用手拂着她的头顶，念了几句经文。小女孩睁着童稚的大眼睛听着，然后，在大人的牵引下高兴地走了。

这时外面有人说，快去看，天上有佛光了。

许多人跑出去，朝天上看去，在太阳的周围还真有一圈圆圆的彩虹一样的光晕，大家都啧啧称奇，说龙泉寺灵验得很。

这时，又有几个人来到智光的面前跪下磕头。有一位男子，端着一个盆，盆里是从菜市场上买来的许多乌龟，然后放到智光的脚前，让智光念经，准备放生。智光双手合十地念了起来，大意是让它们下辈子投胎为人时，不要做坏事，要行善。念了好长时间，结束了，男子把盆端到庙门口的水池里去放生了，那些小乌龟在水里快乐地爬来爬去。

　　吃饭的时候到了，饭都是庙里做的，盛在两只大桶里，免费供应。人们都拿着碗自己去桶里盛饭，几个妇女给每个人的碗里盛上一勺白菜烧粉的菜。另几个妇女，用手在塑料盆里抓着油炸的圆子，每个碗里放两个。然后，端着碗找了一个地方坐下来，喜洋洋地吃了起来，这些妇女都是前几天赶到庙里来义务做饭的，她们都是居士，虽然辛苦，但脸上洋溢着幸福。

　　最开心的是那些孩子们，他们平时难得见到这个场面，现在又免费吃着饭，开心极了。

　　有一位老太太把碗里的圆子，用纸包了起来，说要带回家给老头吃，这是斋饭，能保佑老头子病快点好哩。

　　吃过饭，他们相互喊着名字结伴下山了。

　　山坡上的绿意似乎也有了佛意。

　　庙的门口渐渐安静了下来，开了光的佛有了慧眼，安详地端坐在大雄宝殿里，佛眼睛里的光亮和心灵相通的人眼睛里的光亮印在一起，在这个山腰间隐蔽着。

城　外

下午是个凉爽的天气，我们有了兴致，到城外去走走。

车子出了城，就是宽敞的新修的柏油马路了，路的中间画着鲜明的黄线，新式的路灯一排排的，像卫队一样站立着，在蓝天下有着西洋风景的味道。田地里都是荒芜的深草，葱绿着，一两座没有拆掉的民房，残存在田地里十分的醒目。新建的高楼，在脚手架中，还没有露出脸来，就能感到它们的派头了。

车子沿着马路一直开下去，轻轻的，没有声音。空调开得也很足，凉爽得很。开到马路的尽头，就是一个村子了，路上堆着一堆石子，表示这条路到此为止。有几辆车子也是来玩的，走到这儿就掉头回去了。

我们的车子越过一条凹下去的小沟，然后开到高处。高处就是一条乡村的石子公路，有来往的农用车子，后面卷着一层灰尘，一下子就从西洋风景里进入了典型的中国落后的乡村。农家的住房是简陋的，墙壁上的红砖，天长日久，红色已经陈旧了。墙壁上写着白色的字，字迹也是歪歪扭扭的，要么是卖什么东西，要么是包治什么病的等等。房前房后栽着杂树，也没有修剪过，树枝蓬乱地伸展着。在房子的空隙处还补种着庄稼，稻穗丰硕着，沉甸甸地弯下身子，伏在路沿上。有一块棉花地，棉花的叶子下，开着红色的白色的花朵。村子里，有一片空地荒芜着，野草蘐蘐，一头牛在里面埋头吃草，旁边站着两只白色的白鹭，十分的和谐。

车子沿着乡村的公路颠簸着前行，远处，有了一片平坦的绿地，草经过了修剪，远远望去像一片大草原，十分的具有风情。有一条小河，河里都是水草，许多白鹭鸟在河边嬉戏着，人一走近，它们哗一下张开翅膀飞了起来，低低的，在绿色的草地上方盘旋。这使我想起徐志摩的"康河"，"在康河的柔波里，我甘心做一条水草"。水边野花如繁星点点，偎依着小河的两岸向更

第二辑　来来往往

深处流去。有一两处水塘，里面生长着睡莲，一蓬一蓬的。处身在诗意的乡村里，我的眼睛也明亮起来，身子也轻松起来，积压在心头的沉闷，一下子雪崩一样消融了。

忽然看到一架大飞机海市蜃楼般的呈现在眼前。我们把车子开到跟前，大飞机被一排篱笆围着，从篱笆墙的口子进去，一架庞大的飞机静静地停立在地面上，仿佛一个幻境。飞机的翅膀上和翘起的尾巴上有着一个大大的红五角星，一看就知道这不是一般的民航飞机。飞机的机身已经陈旧，机身投下庞大的阴凉，一个老人坐在下面，面前的一张矮桌子上放着一杯茶水，另一个老农赤膊着上身，用锄子在锄着稀疏的杂草。篱笆墙的一角还种着梅豆，开着白色的蝴蝶一样的小花。

坐在飞机下的老人，是在看飞机的。我问他这是什么飞机，他说这是当年周恩来乘坐的专机，老板买来要搞生态旅游开发的，原来是能进去看的，后来政府要开发这片土地，就不让再投资搞了，就闲在这儿。说到是周恩来的飞机，老人对老一辈的国家领导人充满着崇敬之情。老人说，这飞机叫三叉戟，当年国家就三架，一架毛泽东的，一架周恩来的，一架林彪的，林彪的摔在了蒙古，就在著名的出逃事件中。

望着眼前这架著名的飞机，我想象着当年它穿云过雾，在天空中潇洒的身影，和那些风云激荡的年代。现在，飞机已老，斯人已去，这架老飞机归入了平民百姓，在我们平常的生活里，伫立成一座坐标，提供对政治的想象。

往前走不多远，就是巢湖。站在高处看，巢湖的水一望无际，浩如烟海，远处蔚蓝色的水面与蔚蓝色的天空连接在一起，归入秘境。堤上的狗尾巴草在风中摇晃着，蜻蜓上上下下地翻飞着，在童年的意境里。

我们下到湖边去照相，湖边的土路上铺着一层绿色的东西，发出一股臭味，再一看水面也是绿色的，像被绿色的染料浸着。一位村民来，我问这是什么，他说，这是蓝藻。啊，蓝藻，久闻大名，我还是第一次接触。小路被捞上来的蓝藻覆盖着，像被蓝色的油漆漆了一般，我小心地踩在上面，这片蓝藻是一场瘟疫，水的瘟疫。

傍晚回到家里，窗外霓虹闪烁，马路上车水马龙，城外的那些事已经离我很遥远了，其实城里城外并没有城墙，但却被阻隔着。

夜访陈忠实

春天，中国作协为纪念改革开放 30 周年，与安徽省委宣传部组织了"中国作家看凤阳"采风活动，这次采风来了许多全国著名的作家，陈忠实就是其中之一。

采风团从稻香楼出发，首站就是凤阳小岗村。在小岗村大包干纪念馆里，一行人都跟着导游走，陈忠实跟着跟着就掉队了，他一个人背着一个黑色的方形的皮包，戴着老花镜，在后面把墙上的图片一个一个地看，高处的图片，他就把头仰起来看，近处的图片，他就睁大着眼睛凑到跟前看，似乎一个不能少，似乎每张都在读。后来，当地的刘波副市长就过来陪他，给他慢慢地讲解。我也过来抓拍了几个镜头。

参观完纪念馆，来到会议室里，大家都坐下来，听队长讲关于 30 年前大包干的情况。陈忠实就掏出小本子开始记录，我看到他是会议上唯一做记录的人，有不清楚的地方，他就问。中间他问严宏昌多大了，严说了岁数，他举起几个手头说，那你是属马的，严点头说是的，他说，我也是属马的，但我这个属马的为你这个属马的骄傲，大家就笑了起来。

会后，大家出来合影，队伍都摆好了，有细心的人发现陈忠实不在，大家左等右等不来。一个同事说，他可能被记者包围了，就跑进去找他，他果真被记者包围了，许多话筒、摄像头大炮似的对着他，同事去后才使他解了围。

从小岗村回来，我们在县城住下，吃过晚饭回到房间，坐了一会儿，我就想去拜访陈忠实。从家里来时，我就找好了过去买的陈忠实的几本书，现在，我把书装进包里，带着让他签名。

我住在三楼，陈忠实住在二楼。还没到他的房间，就闻到走廊里一股浓烈的雪茄烟的味道了。我按了一下门铃，喊了一声陈老师，就听他在房间里应了一声，然后门就开了。

房间里有一个圆桌子，我和陈忠实各坐一边，可能刚吸完一根烟。现在，他又拿出一根黄色的粗大的雪茄烟点上，大口地吸了两下，一股浓烈的雪茄的香味就在房间里弥漫开来。他问我是哪里的，我说是安徽的，他对我说，这烟就是你们安徽产的，并递到我的跟前给我看。我起身看了一下，是安徽的黄山雪茄，我说你喜欢抽这种烟啊，他说，这种烟抽过瘾，其他烟抽不行。

上午开会离得远，现在离得近了，看到他的脸上沟沟坎坎的，便使人不由想起陕西塬上的地貌来。我没敢说是来采访的，这几天采访他的记者太多了，他可能已麻木了，我说我是一位作者，想来讨教他写作的秘方。陈老听了哈哈笑了起来，说写作哪有什么秘方，我们的话头就从文学开始。

说到当代文学，陈老说现在的作品确实存在一些问题，缺少一种在历史过程中穿越的人物，缺少凝聚着这一段历史的深度，现在的作品太热闹了，太浮躁了，热闹和浮躁导致了作品的平淡。陈忠实说话带有浓重的陕西鼻音，也常把"我"说成了"饿"。

我对作家的阅读是感兴趣的，我问他平时都读什么书。陈忠实说，中国古典文学我只瞄过《红楼梦》，感觉到有一种微妙，其他没读过。中国现代文学我只喜欢鲁迅，有人讥笑他没有长篇小说，但他一个阿Q，一个孔乙己就够了，他已介入我们的口语中。我读得更多的是翻译作品，特别是俄罗斯作品，翻译作品它们的叙述语言、对人物的剖析都到位，跟中国作品不一样，我喜欢。陈忠实这一说，让我感到有点意外，我面前坐着的这位老人形象朴实、古典，与外国文学相差得太远了，我以为他会像其他一些老作家一样，会和我谈一些中国古典文学如何的，但他的骨子里却有着一股先锋。

这样我们又说到中国的农民，陈忠实感慨地说，哎呀，我这一辈子对农民的感情最深了，我一辈子就生活在农村，直到四十岁才调到市文联，然后，我又回到农村生活。我写作最好的时光就是在农村文化站工作的那十年时光，后来调到城里生活，我还是对农民有着深厚的感情，我也不想改变了。陈忠实说到这儿，就开怀地笑了，脸上的每条皱纹都舒展开了，被他的快乐感染了。

我就不免说到他的代表作《白鹿原》，陈忠实说，我写《白鹿原》的时候，心情平静，不急不躁，有时候写的太快了，文字反而粗糙。我写累了，就端着茶杯坐到小院里边喝茶边听秦腔，一段秦腔听下来，感到从头到脚，从外到内都是一种无言的舒服，我回屋去再写。后来，听得我隔壁的老太太也上瘾了，我过一段时间不听秦腔，她就会在隔壁问，怎么这几天没放了。我听着秦腔写《白鹿原》，写得单纯愉快，《白鹿原》我写一遍，修改一遍就成功了。后来许多评论家评说《白鹿原》时，都说从语言里面可以感受到一股秦腔的味道，这话不是调侃，是真实的，也是我完全没有料到的。

正说着，会务组的同志来了，要请陈忠实去给小岗村写点字，留点话。陈忠实起身答应着，说马上就来，就把雪茄的烟屁股，从烟嘴里拔出来扔了，然后把烟嘴装进一只锃亮的铁盒子里。我把包里的书掏出来，请他签名，他拿过来，说这书早了，我说是的，我很早就买你的书看了，他很高兴，戴上了眼镜，在每本书上签了名。我和他交换名片时，他说没有名片，然后，他从本子上裁了一个纸条，在上面写了家庭地址和电话号码给我。

时间不早了，会务组的同志又来催陈忠实了，我起身告辞，陈忠实把我送到门口。宾馆外，草地上的地灯，在天空中静静地照着，夜色已经深了，我感到一位文学老人的精气神，正在我的身上游走着，疏通着我的脉搏。

邻家兄弟贾平凹

数年前，我去西安开会，就想见一见贾平凹。我与贾平凹有过不少电话联系，比如他母亲生病住院了，他去乡下写作了，我要出新书请他帮我题写书名等等。但我们一直没有见过面，这次我打电话给他，想约他出来吃个饭，贾平凹说中午要到会务组来吃饭，到时见一见，我说好。

中午吃饭时，我们都坐好了，还没见贾平凹来，也许他不来了吧。

正这样想着，就见门外走进来一群人，领头的正是贾平凹，他红光满面，身体虽然不高但是壮实的。后面跟着一群人，前头两位是会务组的人，把他往桌子前引进，我上前喊了他一声，我们两双手就握在了一起。一说，他就想起来了，并热情地哦哦着，尾音里有着浓厚的秦味。

大家都坐下来了，会务组的人就介绍说这是贾平凹，饭厅里就响起了一片掌声。这次来开会的人，都是来自全国各地的作家，饭就安排在大厅里，贾平凹也在大厅里和大家一起吃，并没有给他安排包厢。不一会儿，贾平凹就来给每个桌子敬酒，他喝的是啤酒。我知道贾平凹平时是不喝酒的，今天，他能主动给大家敬酒就难为他了。每到朋友面前就相互问候几句，态度平和得很。贾平凹看到了我，也过来了，我们把杯子轻轻地碰了一下，一仰脖子喝了个底朝天。他的后面跟着一个人，拿着长长的镜头叭叭地给他照相，我想这是贾平凹的专职摄影人员吧，毕竟人家是名人，讲究派头，仔细一看，才发现不是这回事，这人也是来开会的，而贾平凹一点也不烦躁。受他的启发，我也拿起数码，拍了几个贾平凹喝酒的镜头。

敬完酒，贾平凹又回到自己的位子前坐下来，埋头吃饭，从我这边望过去，都是一片黑的头发，分不出平凹坐在哪里。终于在一片黑头发中找到他了，我过去给他敬酒。我来到他的身边，他正埋头和大家一样在吃饭，见我来了，站起来，端起杯子，我们喝了一杯酒，然后，他坐了下去。

吃完饭，大家纷纷过来和他合影，贾平凹可能经常遇到这样的场面，有经验，他站在那儿不动，身边的人换了一茬又一茬，闪光灯不停地闪着。

　　照完相，我和贾平凹往外走，我边走边和他说着稿子的事。到了庭院里，一位女孩子又追过来要和他合影，贾平凹站了下来，女孩子很高兴，那位给她照相的男孩说，她已经和你照三张相了。我们就笑了起来，贾平凹也跟着笑了。那位女孩子赶忙低头去查相机里的照片，很满意。

　　我和贾平凹一起走出饭店，我原想他是去房间的，后来才发现并不是，他到了饭店前面的停车场。停车场前有几个黑色的小轿车，我们就站了下来。我想他是要回城里去吧。过了一会儿，来了几个胖胖的男人，贾平凹给他们打开车门，几个人坐了进去，然后贾平凹和他们握手，说着寒暄的话，原来他是来送朋友的。

　　看他们在说着话，我就先回房间去了。走在路上，我想，名人的谦逊，令人感到世间的温暖，找到做人的标尺，是一种美德。我的身边也有一些取得一点小成绩的人，他们端足了名家的派头，拿足了名家的架势，让人生厌。贾平凹也算是当今文坛的名人了，却是如此的朴素，让人一见就感到亲如邻家兄弟，早玩得穿一条裤子了。

在济南的上空

　　飞机从跑道上腾空而起，就在济南的上空了。我从舷窗往下看，只见黄河像一条丝绸的飘带在济南的北面绕了一个弯就直直地向东去了，地面上楼房在道路的两旁，越来越小，终于小到满目的视野里可以盛得下大半个城市。

　　机舱内，大家都在看空姐新发的报纸，报纸上有一条醒目的新闻，俄罗斯的一架客机在机场降落时撞上了建筑物，断成几截。这是一个灾难性的事故，看了让人的心里不免有了隐约的忌讳，但我却想起了 70 年前在济南上空发生的另一场空难，那是一个著名诗人———徐志摩。

　　1931 年 11 月 18 日，徐志摩从上海乘火车到南京；19 日上午 8 时，在一位南京友人的帮助下，乘上中国航空公司"济南"号飞机飞往北平。这是一架邮机，飞机上除了 40 余磅的邮件外，乘客就徐志摩一人。飞机飞到济南党家庄一带的上空时，忽然遇到了漫天大雾，能见度较差，飞机不得不降低高度寻找航线，然而悲剧却在瞬间发生了，飞机撞上了开山山顶，机身轰然起火。开山在济南的北部，是一座海拔很低的山，山脚下的村民，看到山顶上的烈焰，迅速赶到时，两位飞机师已被烧成焦炭。徐志摩由于座位靠后，虽然只有一部分皮肤被烧伤，但他的额头被撞破了一个致命的大洞，不治身亡。

　　现在，乘着飞机飞在济南的上空，几十年前的这场灾难还是油然地牵动了我。年轻的时候我读《爱眉小札》，被诗人那些浓艳温情妩媚撩人的情书所打动，我读《徐志摩的诗》深深地记住了他的诗句："最是那一低头的温柔，像一朵水莲花不胜凉风的娇羞"，"轻轻的我走了，正如我轻轻的来。"徐志摩一生写过不少诗，其中尤以这两首道别的诗成名，但没想到诗人最后一首道别诗却是以撞机身亡的形式完成。而现在，我又和诗人罹难时同处在一个天空。我眼睛紧盯着窗外，飞机已穿过云层，在一片明朗的天空上飞行，机翼下，云团舒卷，空间辽阔，蔚蓝色里透着无限深远的意境，我想象着，万米之上的时空还和 70 年前一样吗？我能寻找到这片天空里那架邮机划过的痕迹吗？

在我喜欢的诗人中，徐志摩和海子都是诗歌界的一个标志，"徐志摩一手奠定新诗坛的基础"，海子是"象征了朦胧诗之后中国现代诗的向度"，但两个人的死，却给我带来了不同的感受。据后来人说，当时驾驶飞机的两位机师，都是徐志摩的崇拜者，他们一路在天上飞一路侃着诗，可见这两位"粉丝"的激动之情和徐志摩在机上的畅快之意。这虽然有了戏说的味道，但巧合的是，机上这三个人都是 36 岁，而且当年徐志摩已名满大江南北，因此也不无可能。1989 年 3 月，海子是带着遗书带着对诗歌的许多遗憾而去卧轨的，是孤寂的，有人评他是"适时而纯洁的死亡"。两个诗人都是"生如夏花之绚烂，死如秋叶之静美"。但天空给我们带来的是无限想象，是诗歌不能与现实相撞击，而铁轨带给我们的是后工业化时代机器的喧哗和人心的冷漠。

济南的天空，给我的感觉是和别处的天空不一样的，我的眼睛总想在这片天空里捕捉到一丝诗意的存在，一位诗人的身影，转瞬飞机已飞得很远了，但我的思绪还没有回来，还在济南的天空上。此刻，我不由得想起徐志摩在《翡冷翠的一夜》中的句子："你愿意记着我，就记着我，要不然趁早忘了这世界上有我，省得想起时空着恼，只当是一个梦，一个幻想……"

谒沈从文墓

到达凤凰时，已是半下午，寻一家小旅馆把行李放下，就上街。买了一张牛皮纸的地图，在上面看到有沈从文墓的标志，沈从文是我敬重的作家，便决定顺着图示的方向去他的墓地拜谒。

沿着一条狭窄的小巷往前走，小巷很深，两边都是陈旧木板的店铺。古老的粗糙的石板路高低不平，小巷上面的天空被拥挤的飞檐翘壁切割成一块一块的不规则形状。有两个放学的女孩子在我的前面走，她俩穿着红色的衣服，背着红色的书包，腰上拉着一个橡皮筋，边走边跳。

走了一段路，还看不到巷子的尽头，我有点不放心，就问路边一位正在端着碗吃饭的老太，这条路对不对，老太指着前面的两个小女孩说，你跟着她们走就行了，她们的家就住在墓地附近。我走到前面弯下身问两个小女孩子是不是，她们也不说话，点了点头，继续玩着向前走，我也就放心地跟在她们的后面走。

终于走出巷子了，路的一边是一座青山，路的另一边是沱江，清澈的江水哗哗地向前流着。两个小女孩要回家了，我问沈从文的墓在哪里，一个用手指指前面的青山说，就在那里。

到了山脚下，有一条小道，拾阶而上，迎面是一块石碑，黑色大理石上面刻着凤凰县政府关于立沈从文墓的介绍，大概内容是说，这座山叫听涛山，以及沈从文在文学上的贡献和为什么要给先生立这座墓等介绍性的文字。再往前走，看到一块木牌上，有一个箭头指着去沈从文墓的方向，上了几个台阶，就见眼前矗立着一块紫色的石头，两个系着红领巾的小男孩，在埋头用芭蕉叶编着蚂蚱，见我来，就抬起头来问，买一只蚂蚱送给沈爷爷吧。我正站在那儿纳闷，就问他们，沈从文的墓在哪儿？一个小男孩指了一下那块大石头说，这就是。然后又埋头去编蚂蚱了。

我在这块石头前徘徊着，根据前面的介绍，这块石头就是出自这座山上，是天然的五彩石，状如云絮。石的正面，刻着沈从文的手迹："照我思索，能理解我；照我思索，可认识人。"石的背面是沈从文的姨妹张充和撰联并书写的"不折不从，星斗其文；亦慈亦让，赤子其人"。偏下方嵌着一块白色的石头，上面刻着"2007年5月20日夫人张兆和骨灰合葬于此"。这就是沈从文的墓地了，没有塑像或圆形的墓地，这有点出乎我的意料。我围着石头看了又看，我想从上面看到先生的音容笑貌来，我用手摸了又摸，我想拉住先生热情的双手，但眼前就是一块石头，粗粝，多棱，似乎刚从山上滚落下来，不见一丝人工的痕迹。

　　眼下正是清明季节，我想给沈先生的墓地献上一束鲜花，我在墓地的远远近近寻找，到处都是春天刚萌生的绿叶，寻不到开放的野花，只好又回到沈先生的墓地。那两个小孩子，见我空手回来，知道是怎么回事，又说，买两个蚂蚱献给沈爷爷吧。我在他们身边的石栏杆上坐下来，我问他们，你们知道沈爷爷是干什么的吗？一个小男孩说，是写作文的，他的作文写得好。我说，你能给我讲讲沈爷爷吗？他说，我不会讲我爷爷会讲。我问，你知道沈爷爷写了什么书？他说山下有卖的。我笑了起来，停了一会儿又问他们，为什么要买蚂蚱给沈爷爷？他说，蚂蚱在田野里蹦来蹦去，多快乐啊。然后，就没有了声音，又低头编了起来。我感到小男孩似乎说出了什么，但又似乎什么也没说。我掏了两块钱，买了两个蚂蚱，准备系在石头上面冬青树的枝上，这才看见，那些枝头上已系满了蚂蚱，有的时间长了，已经枯黄了，新系上去的呈现着青绿的颜色。看来，用蚂蚱来纪念一位名人，这可能是天下唯一的。临行，我给沈从文的墓鞠了三个躬，我说："沈老，我来看你了，我理解你。"走在下山的路上，我想起了米沃什关于敬慕名人的一句话："我一向自认为是一棵弯曲的树，所以尊敬那些笔直的树木。"

　　山脚下是一个小书店，里面卖的全是沈从文的书或和沈从文相关的书，书店里刻了数枚纪念印章，可以免费盖在书上作纪念。我家里已有不少沈从文的书了，但我还是买了两本，作为纪念。卖书的是一位年轻的女子，她说许多人对沈从文墓的那两句"照我思索，能理解我；照我思索，可认识人"搞不懂，我就给她解释了一下，她似有所悟地点了点头。

　　离开沈从文的墓地，夜色已经慢慢地浸上来了，凤凰是一个旅游城市，处身其中，城里的夜色充满着迷离和浓郁的热烈，与刚才沈从文墓地的清静形成了鲜明的对比。

独坐太平湖

清晨，我就从睡梦中醒来了——我是被一种声音召唤着醒来的，这就是太平湖的声音，静谧地直抵心灵。

我从房间里走出，翻过低缓的山坡，就见蔚蓝的湖水赫然出现在眼前了。我沿着红砂礓的山坡慢慢地走下去，一个人在湖边的沙滩上坐下来。

眼前的湖水在清风中荡漾着微微的涟漪，远处，连绵的山峦起起伏伏，山谷间淡淡的山岚缥缈着，如梦如幻，湖水到了脚下，又是静静的，水底下的鹅卵石清晰可见。山似乎刚醒来，水也好像刚醒来，加上湖边坐着刚刚醒来的我，一切都是新鲜的，都是欣欣然刚睁开眼的样子。

我凝视着太平湖的水，仿佛看到了遥远的岁月里，我从太平湖上，像雁一样匆匆一掠的身影。

那是二十多年前，我们一行矿区的业余作者，从黄山采风回来，车子开到太平湖这儿便没有路了，要从太平湖上轮渡过去。坐在渡船上，我凝视着静静滑过的湖水，慢慢地就看出一个人的眼睛了，她在凝视着我，充满了哀怨和明净，她在悄然地伴随着我，让我在优哉游哉间猛然惊醒。此时，我正在爱情的雨季里，感情常为一丝轻风掠过而惊起波澜，望着湖水我不停地追问：太平湖的水啊，你为什么不浑浊呢？你为什么不起波涛呢？湛蓝湛蓝的湖水，就这么盈盈的涟漪着。群山爱怜地捧着你，使我一见钟情。太平湖的水啊，你该知道，你是如何的诱惑着我折磨着我这颗孤苦的羁旅之心？

这一次邂逅，二十多年过去了，我没有再去过太平湖。我的生活，也发生了很大的变化，经过岁月的砥砺，一泓湖水在我心头惊起波澜的岁月已经很遥远了。这次采风团一说来太平湖，我的记忆又被激活了，我才知道，原来我是一直被太平湖隐蔽着的。我想起一种在热带雨林里开放的花，它在夜间绽放出硕大而洁白的花朵，一只小虫子经不起诱惑飞进去了，它的花瓣慢慢关闭起来，直到小虫子在里面完成了授粉，它才重新打开，让小虫子离去，太平湖就是这么一朵花吧，我就是那只被它关闭了的小虫子，但时光转眼已是二十多年。

现在，坐在这湖水边，我的心又一次被打动，我想重新看看太平湖，和这一湖水好好叙说。

如果说二十多年前，太平湖的水是一双年轻女性的眼睛。那么现在，这一湖水在我的心头，它已经有了成熟的母性的气息，它在慈祥地包容着我，浸润着我，让我干燥的心灵瞬间有了润泽。面对这一湖水，我不能舍弃，只能寻求。

远处传来一声声悠扬的钟声，这是从寺庙里响起的，有着佛的禅意，刹那间，太平湖已不在地上，而是在天上了。好久，我从岸边捡了一颗石子投到湖里，湖水发出咚的一声，涟漪向四周扩散，轻轻的，直到我的面前。我又回到了现实的时空里，我走了回来。

下午，阳光灿烂，我没有随车去采风，一个安静地坐在屋内看书，看了一会儿，我又想起了太平湖，便坐不住了。我放下书走了出去，翻过小山坡，又来到岸边坐下来。此刻，几艘快艇在湖面上飞快地划过，犁出一条条深深的波涛向四周扩散，拍打着岸边，发出哗哗的声音，湖面的上空，充满了隆隆的机器声。我在湖边独坐着，如身在闹市一般，我不愿让喧嚣阻断我与太平湖的通感，我不愿看到太平湖在我的眼前露出陌生的面孔。我不能再坐下去了，起身一个人沿着湖边走。遇到一位工人样的当地人，我问他过去的那个渡口在哪里，他说，那太久了，自从太平湖上造了桥，渡口就不用了。

晚上，我坐在床上看电视，想到明天就要离开太平湖了，心头不免涌起一阵留恋，想再看看太平湖。我搬了一把椅子，在阳台上坐下来，眼前是茫茫的黑夜，远处亮着三两点灯火，凝固着，像庞大的黑色岩体里嵌着的几颗珠宝。

我这样独坐着，茫茫的黑夜包裹着我，我虽然看不到太平湖的水，但我仍能嗅到它的气息，我知道，它是安静的，隐秘的，就在不远处。

第二天，我们开始离开太平湖了，车子在湖边的大道上疾驶，湖水在群山间忽隐忽现，像在送行。这时，我忽然就想起张爱玲形容爱情的那句话来，"于千万人之中遇见你所遇见的人，于千万年之中，在时间的无涯的荒野里，没有早一步，也没有晚一步，刚巧赶上了，那也没有别的话可说，唯有轻轻地问一声：'噢，你也在这里吗？'"

这就是我与太平湖的感情吧。

潜河上的艄公

　　大巴在蒙蒙的细雨中行驶了半天，终于停了下来，我们一群人呼地走下刚停稳的车子，就见群山环抱中，一条河在不远处奔腾，这就是潜河了。

　　春天已经深了，天空下着小雨，到处湿漉漉的光鲜鲜的。河的水面上，停放着几只长长的筏子，几位艄公头戴斗笠，身披白色的雨衣，站在岸边，迎接着我们，我们是来漂流的。

　　青青的野草，一直从脚下的河滩铺到山坡上，接到天上去了，刚下过雨的山顶上，笼罩着一片白雾，如幻如梦。有些野草开着白色的小花，有的已下到水里了，像一群戏水的顽童，波浪大了，便快活地摇晃起来。河边，黑色的、白色的、紫色的鹅卵石，躺在浅浅的河水里，像一群游动的蝌蚪成群结队。

　　久居城市，看到这样新鲜的美景，我们像饥饿的人遭遇了一餐大宴，蜂拥而上。艄公站在岸边，紧拉着绳子，把筏子固定住，我们上去后，重量就压着筏子往下沉了许多，河水就从筏子的缝隙里露出来了。我坐的筏子上，撑筏子的是一位瘦瘦的老人，和一个壮壮的年轻人，这么重的筏子，你能撑得动吗？看着这个精瘦的老人，我怀疑地问。老人说，别着我瘦，有劲哩，老人指着奔腾的河水，说，我们马上要背着纤，把你们送到上游，然后再漂下来。背着纤，怎么没见纤绳，我更加怀疑了。这不是纤绳吗，老人指着怀里的长篙说。

　　漂流开始了，老人站到筏子的前头，用篙一撑，筏子就离开了岸边，轻轻地滑向了河的深处。老人和年轻人一前一后地撑着，筏子在河面上缓缓地逆水而行。

　　河流转了一个弯，水就开始急了起来，两位艄公都从筏子上下到了河水里。河水没到了膝盖处，一迈步，就溅出一片水花，发出哗哗的声音。前头的老艄公，用一根长竿篙把握着筏子的方向，后面的艄公把一根竹篙放在肩上，弯着身子，用力地推着竹筏向前。他一只手紧握着肩上的长篙，长篙在他的肩上顶下了一个深深的窝，一只手撑着河边的鹅卵石前进，他每迈一步，手就要从河水里拨出，然后再撑下去。水流越来越急了，艄公的身子也越来越弯，这简直就是在爬行了。汗水从艄公的脸上不断地流下来，流到水里，这时，我再看河边的鹅卵石已不再是石头，而是艄公们的汗水凝固而成的。他们长年累月地在这条河道上撑筏，每个石头都抚摸过了，每个石头对他们的手掌都是熟悉的，它们和他们虽然没有一声言语，但他们的心灵是相通的。他们共同用力推着筏子前行。

筏子上的人都在快乐地唱歌拍照，河水在筏子的两边呈现着汹涌的波浪，向后流去。对面顺流漂下几只筏子，大家就开始打水仗，水花在水面溅落，欢呼声在河面沸腾。

水流的阻力更大了，前头的老艄公也弯下了身子，他精瘦的身子，俯下来像一张饱满的弓，充满了力量。河水和艄公的行走，都在发出哗哗的声音，已分不清哪是水流的声音，哪是艄公溅出的水花声了。我坐在筏子上，为自己沉重的身子感到脸红，我想跳下去，为艄公减轻点重量。

筏子上到一段高处，河水开始平缓起来，两位艄公上到筏子上，开始撑篙而行。远远的，岸上有一位村妇，和筏子一道而行，筏子漂到一处大岩石旁，村妇举起手中的喇叭解说起来，声音响亮，有着婉转的方言尾音。这时，大家才明白她是解说员，她说，在这块大岩石上，有三层脚印，都是当年纤夫撑船时走出的，大家就怀疑，就条河过去交通能有如此重要吗？村妇说，潜水过去是一条重要的运输河流，据《史记》记载，公元前106年，汉武帝刘彻南巡就是从长江入潜河登天柱山的，可见那时潜河在交通上的重要，是通衢的，后来，山坡崩塌阻碍了河道，潜河运输日渐衰落。

拐了一个弯，又一处急流腾身而起，像一条巨大的鳄鱼在扭动腾跃，翻滚着巨大的浪花，不可征服。艄公也开始专注起来，前面的老艄公把筏子慢慢地靠近急流处，可以感到筏子在波涛上的颠簸，只见他猛地把筏子从波涛上横切过去，后面的艄公一用力，筏子一阵剧烈的晃动，浪头扑了上来，有人惊叫着，但转眼筏子已安然渡过了急流，撑到了平静的水湾处。

筏子渡过了一处又一处险滩，终于在一片大的水面处靠岸，游客们上到岸上，岸上在一片青草地上，搭着一个草棚，供游客短暂休息。这时，艄公和村妇就开始为游人唱起黄梅戏来，黄梅调的声音地道，响亮，一招一式都带着表演的天才。他们忘我地唱着，浑然已忘了河水中的急流，大家都情不自禁地跟着和了起来。一时，潜河的河滩上，成了一个欢乐的大舞台。

接　站

　　家离公交车站不远，下楼就是一条小街，走大约十分钟的路程就到了。这些天来，每到晚上九点多的时候，我就要下楼去车站接女儿。

　　车站的前面就是十字路口，红灯亮时，马路上短暂地空闲一下，绿灯亮时，马路上呼地一下就成了一条车的河流，车站就像一个漂浮物停留在车水马龙的岸边。路灯的光，昏朦着，永远照不亮行人的眼睛，对面高楼上的霓虹，把一片黑的天空也洇上了一层浅浅的红色。

　　车站的路边就是一家超市，每天这个时候就要关门了。门口堆满了卖空了的塑料筐子，一层层地顺着墙壁码上去，像摩天大楼的模型，那些纸箱拆开了，用塑料胶带打成几个捆子。超市里守夜老人也准时出现了，他坐在上面，畸形的背总是弓得老高，里面像掖着什么东西。

　　我早早地就守在路边了，路边有一排槐树，黑色的树干，落了叶的树冠无数的枝丫伸向天空。有时站的时间长了，我就依在树干上，身上就有了点轻松。贝尔长期在外地生活，这个假期来合肥补习，她对合肥还不十分的熟悉，每天晚上放学时，我都会准时来接她。然后，她总是在预定的时间里到达，我们一路回去。但有一次发生了意外，那天晚上，天下着细细的雨，我到车站去接她，过去该到的时间早已过了，贝尔还没有来，我不停地往家打电话，家里还是说没有回来。我的心里焦急起来，她的身上没有手机，没有多余的钱，这可怎么办？时间每过一秒我的心都紧缩一下，我不停地踱步，不知道接下来该怎么办？终于，贝尔从车上下来了，我长长地松了一口气，原来她坐错了车子，直到车子开到郊外，她才发现，然后赶紧下车，往回坐，再转车回来。这一次真是有惊无险。

　　接站的时间长了，我发现这里不只我一个人，还有其他人也在这个时候准时来接站。有一位年轻的小伙子，戴着眼镜，是来接下班的女朋友的，那位年轻的女孩一下车，他们就骑着摩托车瞬间消失了；有一位母亲是来接下班的女儿的，女儿和她长得十分的相像，身材也差不多，她们总是挽着胳膊走；有一位上了年纪的男人也来接一位女人，女人有几分姿色，每天都更换不同的衣服，我看不出他们是什么关系。

我站在路边，眼睛紧盯着车站，公交车来了，嘎的一声停下来，里面的灯光照得车厢里通明。这个时候是下班的高峰，可以看到车厢里挤满了人，车子的前门打开，上的人不多，但宽敞的后门一打开，每次都下许多人。我看到不同人的双腿一下一下地从车上走下，有着舞蹈的节奏。

一辆车过去了，又来了一辆。其他公交车我是不用注意的，我只注意135路，贝尔每次放学坐的只有这一路。

贝尔下车了，她穿着长长的红色的羽绒服，胳膊上套着灰色的护袖，面孔在朦胧的路灯光下，映着微弱的亮光，像一颗红红的苹果。她笑着跑过来，扑到我的怀里。

有时候，我们就到超市里转转，我想买点东西给她吃，她总是左瞅瞅右瞅瞅，有时拿定主意了，又放下说："不要，不要。"我知道她是在为我省钱，她小小的年纪细心得很，善解人意。

接着，我们从超市里出来，她挽着我的膀子，我们一路说着学习的情况，从已经冷寂下来的小街上穿过，旁边就是我们家的楼房了。楼梯间没有灯，我就打开手机，一点弱弱的荧光照着我们的脚下，我和她一前一后上楼，楼梯上响起我们砰砰的脚步声。打开门，家的温暖扑面而来，女儿换了鞋，就到她自己的小房间里整理去了，我开始坐下来看电视。偶尔，我起身看到她青春的身子静静地伏在一片明亮的灯光下，就有了小小的感动。女儿不知不觉地长大了。

外甥大头

大头没有一分钱，我为什么还喜欢他呢？

大头不理睬我，我为什么还喜欢和他说话呢？

大头不识一个字，我为什么还说他有学问呢？

大头在我家里睡了吃，吃了睡，他走后，我为什么还要想他呢？

大头不是别人，是我五个月大的小外甥。

妹妹腰椎疼痛来看病的，带着大头住在我家，这还是我第一次见到他。他胖胖的样子，头显得较大、饱满，头发淡淡的乳黄，天门顶的地方有一个浅浅的小坑，随着呼吸，头皮一动一动的，一张小嘴撅啊撅的。我高兴地抱起他，他沉沉的，首先就冲我咧嘴笑了。我很高兴，妹妹要我给他起一个名字，我说，就叫大头吧，大头大头下雨不愁，人家有伞我有大头。这样，大头有了自己的第一个名字。

大头一来，我把书房让出来给他住了，书房是我利用率最高的地方，他们住进去，我就不能在里面看书写字了。这些天来，我好像是在飘浮着，没有一个可以降落的地方。

大头在我家，我天天和他玩，荒废了不少学业，找到了不少快乐。玩到兴奋时，我就打他的屁股，拧他的耳朵，他还是笑嘻嘻的，这种情景让我感到欣喜，又加重了力，他才咧着嘴叽哇几声。即使这样，但大头对我仍是友好的，这是为什么呢？后来，我在一篇文章中看到，说婴儿在五个月大的时候，就能分清敌友了，这种能力可能是人类的天性，而非后天教育的结果。我和大头有着血缘的关系，大头对我当然是友好的了，他知道我是爱得越深打得越狠。

大头给我印象最深的是嘴里虽然没有一颗牙，但他逮到什么东西都敢吃。

把他放到椅子上站着，他就用嘴啃椅背，一点一点地从左边啃到右边，再从右边啃到左边，像一个小狗啃骨头，津津有味但什么也没有啃下来。

桌上有我的书，他抓过来就啃，口水洇湿了一大片，这可是新书。赶紧从他手里夺，他肥嘟嘟的小手紧攥着，还挺有力的，但最终还是他失败了。

给他买了一张挂图挂到墙上，抱他来看，图上有各种水果，色彩鲜艳，一下子就吸引了他，他伸手就抓图上的水果，但抓不着，急得哇哇大哭。还有一次，我给他买了一个皮球玩，他抱起来就啃，但没地方下口，也急得哇哇大哭，他的哭总是把我们逗得哈哈大笑。

为了他的安全，我们就不把东西放在他的身边，没有东西吃了咋办？大头就用最绝的一招，搬起自己赤裸的脚指头用小嘴吮起来，吮得口水三千丈，缘愁似个长。

看着大头仿佛要把整个世界都啃一遍的样子，我受到了启发，大头不是饥饿，他是要迫切地认识这个陌生的世界，大头使用的方法是亲自尝尝，哪怕是认识自己，也要这样，他认为不要过于相信自己的眼睛。哲学上对世界认识有感性认识和理性认识，不知道大头是否都懂了。

我喜欢和大头说话，什么话都说，有时候我还问他一些人生的问题，但他一句也不回答，城府很深的样子。有一次，我遇到了不顺心的事，心情很沉闷地回到家里，母亲抱着大头来找我玩，我也没心情了。我愁着脸看着大头，大头看我仍是喜笑颜开，一副洞明世事的样子，仿佛在劝我说：无论多大的事，一切都会过去的，时间会检验出真理，证明你的正确性。大头的境界就是人生的大境界，我的心情一下子开朗起来。

大头在我家一共住了一个多月，今天下午，大头就要回去了。我抱着大头，母亲挑着几个大包袱，里面有大头的衣服、尿布和玩具等等，我们一路晃晃悠悠去汽车站。大头的脑袋伏在我的肩上，我抱着他，不停地与他说话，用自己布满皱纹的老脸亲他稚嫩光滑的小脸，难分难舍。

送到车上，小妹抱着他，他就趴在窗口东张西望起来，我和他打招呼，他也不在乎。过了一会儿车子开动了，他才想起来望望我，然后扬长而去。

回到家，我在沙发上坐下来，想起这些天来，大头带给我的快乐和对生活的解构，不免又想起他了。

大 年 初 一

大年初一，在故乡最重要的事是开门。门是很重要的生活象征，是岁月的兆始和进入的唯一通道，故乡有一句民谣：开门大发财，元宝滚下来。要是一年的头一天门开不好，就预示着这一年一切都不顺了。

犹记着小时候父母带我们开门的情景，先是父母起床，天还是刚蒙蒙亮，我们还缩在温暖的被窝里，母亲点起了煤油灯，然后再喊我们。过去母亲喊我们都是大声的，有着吵吵嚷嚷的味道，今天早晨母亲的声音变得柔和许多。我们睁开眼睛，母亲已在枕边为我们准备好了新衣服。那时的家里十分的困难，所谓的新衣服也只是说头一次穿，并不像现在小孩的新衣服一定是从商场里新买的。我有的新衣服还是母亲去城里表兄家，表兄给的旧衣服，母亲年前把它洗干净了，现在拿给了我，我的感觉里就叫新衣服了，而我的衣服便下给了三弟，三弟个头高些，穿了正合身，也叫新衣服，心情也是乐陶陶的。但母亲的新衣服还是那件蓝布对襟上衣，父亲多少年穿的都是那件洗得发白了的蓝布中山装。

我们穿好衣服，洗漱干净后，就跟着父母站到门后，四弟扛着小鞭炮，红色的鞭炮长长地绕在竹竿上。父亲首先开了门，破旧的木门发出一声古老的声音，新年早晨的第一缕光就映入我们的眸子里了，感到明亮亮的新鲜，仿佛从水里才蹦上来的一条鱼。母亲走出门外，把一炷香插到土墙的缝隙里，空气中瞬间就飘起了淡淡的馨香味道，父亲拿着两个开门炮走出去，开门炮大大的粗如竹筒，家乡是最讲究这开门炮的，开门炮要响，如果放哑了，是霉头，人家会找做爆竹的，但从没听说过哪家开门炮没放响的。父亲先是把开门炮立在地上，然后把口里的香烟猛吸一口，弯着身子对着爆竹的信子点上，点着的信子快速地冒出一缕白烟，父亲起身往后紧跑几步，我们捂住了耳朵，就听轰的一声，响了，接着父亲再放第二个。开门炮放完后，就点燃

梦见与叙事

小鞭炮，小鞭炮噼里啪啦地响着，像在唱一首快乐的歌。家家户户都是如此，村子里像一口炸开的锅或者说像一个激烈的战场。

放完炮，母亲为我们每人冲了一碗糖开水，喝下去，甜甜的，全身升起一股温暖。

接着我们就开始出门拜年了，这又是大年初一的一个高潮，一般都是全家一起出门，族里人多的，一走一阵，十分有气势。我家在村里是小户人家，就我们兄妹五个，我是老大，我走在前头，三个弟弟和小妹跟在后头，我们在村子那些土屋里这家串到那家去拜年，每到一家，人家就会给我们泡一碗糖开水喝，递一支烟抽，客气的人家还会端上瓜子，抓一把往我的口袋里装，或塞几个糖果。一圈里的年拜下来，往往肚子里早喝得圆鼓鼓的了，口袋里也装得满满的。

村里的人对拜年是很重视的，如果两家要是有矛盾，那是决不去拜年的，或者有一家今年不去另一家拜年了，另一家人就会记着的，心里就存着一件事，弄不好是发生纠纷的先兆。记得我们每次临出门前，父母都要交代哪些家是必须要到的，不要让人家引起误会，即使平时和我家有点矛盾的，父母也要我们去一下，我们往往不情愿，母亲就教导我们冤家宜解不宜结，显示了父母宽阔的胸怀。

我的姑姑家在村子里，我们一般是从村子里拜完年后，正好到她家，大姑就留我们在她家吃早饭了，这已是每年的惯例。

接下来，就是玩了，我们玩得最开心的是放鞭炮，这些鞭炮要么是放过的哑炮，捡回来再加工成的，要么就是年前从家里买的鞭炮里偷来藏下的。放炮竹放的是点子，是在小朋友们中赢得尊敬的机会，我经常用牙咬着一枚爆竹的屁股，亲自点燃，爆竹的信子在眼前咝咝地烧，自己十分的镇定，接着砰的一声，牙齿受到一丝轻微的震动，然后用力吐出爆竹屁股，十分的了不得。还有一位小伙伴为了显示胆大，把爆竹握在手里放，也是了不得的，有一次失手了，结果把虎口震得鲜血淋漓。有时候放得就有点恶搞了，如把爆竹插在牛屎堆上放，砰的一声，牛屎被炸得飞溅；还有一个小伙伴竟把爆竹插到牛屁眼里放，先是到牛屁股前，用手挠着牛枯燥的皮，牛很舒服，然后用手轻轻掀开牛尾巴，把爆竹轻轻地插进去，轻轻地点燃，赶紧跑开，只听砰的一声，牛被炸得发了疯似的乱转，受了欺骗的牛瞪着硕大的眼睛，要不是牛绳拴着会和人拼命的，这一会儿是再也不能接近它了。我家有一条黑狗，每次上学它都要把我送好远，每次我放学回家，它老远就迎上来，跟在身后摇头摆尾，是我的最爱。那年初一，黑狗蜷着身子在阳光下睡觉，二广点一个鞭炮扔进它的身里，砰的一声，黑狗猛地受了惊吓，呼地一下起身瞬间跑得无影无踪，从此再也没有回来了，让我感到很伤心。除了放鞭炮还有一件快乐的事，是看大人们推牌九，我们挤在人缝里，看着那些骨质的牌九在大人的手下熟练地飞来飞去，桌子上的钱来来去去，十分的诱人。忽然，有行家说，推家瘟了，大家都下赌注，这叫瞅条子，我们也不明白，糊里糊涂地跟着下了几条，赢了几块钱会兴奋几天，输了会怏怏不快。

过年最扫兴的事是往往玩到兴头上，要回家去做家务，如喂猪、烧锅等等。接着，天很快就黑下来了，家家的门口挂着灯笼，照得地上一圈晕晕的红色。一天的快乐就这样很快结束了。除了偶尔有零星的爆竹声外，乡村又坠入一片平静。

大年初二，就该去舅舅家拜年了。

我的初中生活

　　我初中上的是农村戴帽子的学校。

　　学校还是那个学校，我们上小学时的学校，几排土房子，泥桌子；老师还是那个老师，从小学五年级把我们带上来的几位民办老师。

　　因为增加了班次，学校里的房子不够用，就租了一户人家的民房做教室。记得里面又有床铺，又有粮食和乱搭的衣服，我们几十个学生，就在里面上课。班主任姓李，因为秃顶，常年戴着一顶帽子，他教书十分认真，是端着饭碗也要在班里看着我们学习的老师。我那时的学习成绩特别的好，我的每篇作文他都要拿来让抄在黑板上给同学做范文，这使我很有面子，也极大地鼓舞了我的学习积极性。不久，我就被提为小组长了，这是我初中学习阶段做过的最大的"官"。

　　不久，大队用"四类分子"把新校舍盖好了，也是一排土房子，我们就搬进去了。我们班里的男女同学关系十分亲密单纯，我清楚地记得，有一次，我和一个漂亮的女同学在班里打闹，追得从这头跑到那头，她生气了，我又去把她逗开心，她起身又追我，我们笑啊疯啊，无比快乐，这是我最怀念的一段时光。

　　学校里还有田地，一方面用于教学生农业常识，一方面解决老师的吃菜问题。我们每周都有一节劳动课，每到这天，老师就提前布置好我们要从家里带什么农具。第二天，我们就到地上去劳动，我每次用力干活时，老师看不见，我只要一偷懒，老师就看见了，就点我的名字，这真是让人扫兴的事。

　　上到初二，戴帽中学被取消了，同学们各奔东西，许多同学去了乡中学读书，父亲把我送到了县城的一所中学去读书，因为我的二伯在县城工作，他认识这个中学里一个打铃的教工。城里的学校真气派，一排排的青砖瓦房，高大的树木，宽阔的操场，老师也穿得西装革履，作息时间是打电铃而不是我们在乡下的学校那样敲铃。才开始，我很惶恐，觉得我是乡下那些土老师教出来的学生，能赶上人家洋老师教的学生吗？不久，我发现我一点也不比他们差，有的课还超过他们，我的作文仍然受到老师表扬，这增加了我的信心，但这儿的男女生不说话，如同陌路，这让我感到奇怪。但毕竟是城里的学校，也经历过一些乡下学生没有经历过的场面，如有一次，据说是省长要来县城，学校停了一上午的课，组织学生一早就在马路的两边排了几里路长的队，等几辆乌龟壳（我们那时对小轿车的称呼）一来，我们就拍着手喊"欢迎欢迎"。

我在城里上学了，这是我第一次远离家人，开始独自生活，那时我家里条件还不错，每次回来，母亲都能给够我零花钱（后来就不行了）。有一次母亲对我说回来太勤了，我说想家，母亲说想家啥，我说想你们嘛。母亲说不要想，要好好念书。

城里的同学看不起乡下来的学生，记得有一次，我走在一条小巷里，和一个退学的同学迎面相遇，他无缘无故朝我的胸上打了一拳，这使我很不适应，我开始怀念与乡下同学在一起时的愉快时光。在县城读了一年多，我又回到了乡中学，乡中学条件不好，桌子板凳都要自己带。母亲把家里最珍贵的条桌让我抬到学校做课桌，这条桌是父母结婚时的家具，全木头的，油漆得红汪汪的，放到班里众多东倒西歪的桌子里显得很不一般。终于，与过去的那些同学又同在一个学校读书了，但家长怕我们在一起玩，把我们拆分开了，不让我们在一起，还有就是家长不时在耳边叮嘱，要好好学习将来考大学。暑假了，几位家长把村子里的"红民校"打开，把我们赶在里面做作业，看着我们，这一切的发生，使我感到学习有了变味，学习不再是快乐的。随着弟妹陆续上学，家里也越来越困难，又成为我的压力，成绩开始下降，经过考虑，有一天，我提出不读书了，父母听了十分恼火，但劝不了我，母亲说，不想读就来家种地吧。父亲坚决不同意，人家的孩子都在读，我回来种地，面子上多没光，为此父母还吵了一架，吵得很厉害的。父亲是个脾气暴躁的人，一气之下喝了农药，被抬到医院里抢救，最后，当然是平安无事了，但我却因此被另眼相看，成了一个没用的孩子，使我的自尊心受到很大的伤害。

退学后，我开始上工，生产队里有我的一个小工分本子，每天三分工，我一心要为家里减轻点负担，舍不得歇一天。我跟着大人学会了如何区分秧苗与稗子，如何锄地而不伤着禾苗。晚上，我和弟妹们一起在灯下看自己喜欢的文学书，也开始了写作。有一次，我要投稿，要买一张八分钱的邮票，家里实在没有钱，吃饭的时候大家就为我凑了起来，母亲口袋里只有五分钱掏出来给我了，我的口袋里只有二分钱，还缺一分钱，我的小妹端着碗说，我的口袋里还有一分钱，然后掏出那枚小小的硬币，这样才凑够了。

放任一段时间后，有一天早晨，我从生产队的场地上把一捆稻草往家背，听到远处传来广播体操的声音，这像在对我召唤，我忽然想要上学去了。几天后，我找到我的三舅，他是一个农中学校的校长，他让我插班进来读书了，这样我又开始学生生涯，直到两年后，考上了高中。

现在，回首往事，觉得初中是我从少儿的顽皮过渡到成熟的阶段，那些愉快的学习时光短暂而珍贵，心里也没有什么远大的理想，只是像没头苍蝇一样到处乱撞，充满了动荡和不安。

砀 山 行

下午去砀山。

吃过饭，收拾东西，赶到长途站是下午的一点，车站已没有去砀山的班车了。问服务台，说，每天只有三次的，过了就没有了。这让我感到奇怪，如今从省城去各个地方的班车都多如牛毛的，怎么到砀山这个县城的车子就这样少呢？

砀山我没有去过，但刘邦芒砀斩蛇的故事还是早就听说了的，另外就是那儿的梨子，传说从树上掉下来就成了一摊水，就是这些印象了。

县文联约好了，明天去讲课，如果今天走不了，明天去就赶不上讲课了，朋友已在那边把作者通知了。只好决定乘车到淮北，淮北与砀山近了一步，实在不行，明天一早从淮北赶过去，也许不晚。旅行的人有一句俗语：只怕站不怕慢。只要往前赶，就会离目标近些。

到淮北已是满街灯火了，黑黑的夜色里是幢幢人影。淮北我不陌生，除去故乡，最熟悉的就是淮北了。但现在我是一个匆匆的过客，一个人背着包站在街头，秋天的天气已凉了起来。

车站广场前停了许多出租车，一个小伙上来问我去哪里，我说去砀山，他说现在已没有车了，但可以打车去。打车去，那么远的路程，得要多少钱啊，但我还是下意识地问了一句，多少钱？他说150元，我说太贵了，他说娘哎，这还贵呀，你知道这儿离砀山有多远吗？200多公里呀，我到车上拿地图给你看。我不想看，也没打算打车。其他几位出租车司机听说有了生意，都纷纷地朝我吆喝，砀山砀山的，过来，我走。小伙子急了，说，120元，只能这样了，明说了，我只赚你几十元，这么辛苦的。听他这样坦诚的一说，我犹豫了一下，说80元，他说不行。我开始踱步，他跟在身边给我算账。"你住一晚要几十元，今晚和明早吃饭要几十元，明天坐大巴要几十元，一算，百把元花了，你现在坐我的，也是百把元，晚上回到家搂着老婆睡觉，还坐了一个轿车，省得在这街头受罪，你怎么不会算账呢，天老爷。"他这一算，倒使我动了一下心，虽然不是为搂老婆，但人家在那边等着我，我是去践约的，也是重要的。而且百十元也是我承受得了的，我还是还了价，说 80 元，他像是被刺了一下，一跺脚说，"娘哎，你真会还，这刚好是我烧汽油的钱。"

广场上，出租车都在喊砀山砀山的，因有我这一个客垫底，再能拉上一个就可以跑了。

过了一会儿，有一辆大巴进站，喊声又蜂拥而起，有人惊呼，有一个了，有一个了。小伙子上前问，原来这个人是去半路上一个镇子的，但出了比我多的钱，可以跑了。许多人上来抢，小伙子赶忙把我们俩拖进车里，我起身下去看了一下车号，把号码存到手机里，因为毕竟是夜车，又那么远的路程，不能不多一个心眼。

车子上路了，在黑漆漆的夜色里，向那个陌生的地方驶去。车灯打在两旁的行道树上，行道树的根部涂了白粉，在车灯下，一排排的整齐划一像仪仗队，有时，车子在坑中颠簸了一下，像船在平静的海洋上偶尔遇到了一个浪头。

终于到砀山了，朋友来接车，然后带我到饭店里去吃饭，一大桌子的人都在等我，让我一下感动起来。

吃完饭，陪我的客人走了，我走出宾馆，到街上去走走。

时间还早，街道上冷冷清清的。路两旁的店铺都关了门，路面上垃圾很多，人行道里的砖满是坑坑洼洼的，许多铁皮门锈迹斑斑，还有些木头的门，破烂处漏着很大的洞，透出里面淡淡的光，我从一个门的破洞里，甚至看到了院子里的小树和破旧的自行车。

路边停着一辆出租车，上面已有了一层露水。

只有十字街头的红绿灯还在闪着数字，像白天一样地忙碌着。

一个小店门口，坐着两个男人在聊天，一只灯泡吊在头顶上，发着微黄的灯光。一个男的说，这次我就饶了她，以后，她要再魂不守舍地到他那里去，可不能怪我了。对面的男的沉默了半响说，不会吧。

我走过去，他们是在说一桩红杏出墙的事。

马路上，一个妇女穿着臃肿的棉衣，骑着三轮车。车厢里满是一些黄的橘子和红色的苹果，她的丈夫骑着电动车，一只脚撑在三轮车的后面用力，他们在往家赶。

空气中有一股臭味，一闻就知道是污水的味道，左右一看，就看到一条臭水沟，快要堵塞了，一只白猫正从岸上往下小心地爬，底下的垃圾里有它的美食。

没有兴趣，又转了回来，回到宾馆里。

奔波了一天，已疲惫了，坐在床上想看电视，电视里的雪花点大如席，看不下去，看了一会儿书，睡去了。

第二天一大早，就被喧哗声吵醒了。拉开窗子向外看，看到楼的后面是一所学校，孩子们像树上的鸟儿一样，在不大的操场上玩耍。睡不着了，就坐在床上看书。

朋友来喊吃早饭。街上雾气很重，使得空间更沉重了，逼仄了。一行人戴着白色的帽子，让我想到在车上一位旅客说，这儿的回民多。

许多的摊子都摆出来了，摆在马路的两边。

街的两旁都是居民盖的二层小楼，参差不齐，形式各样，有的破旧，有的新起。

卖早饭的小铺子里是几张低矮的桌子，桌子前是几条长的矮板凳，墙上是一片一片的灰，电线粗粗的，吊着短短的灰穗，一张营业执照已被灰蒙得看不见里面的字了，木头的门后，是几个蛇皮袋子，漏着黑色的炭块，袋子上堆着许多空酒瓶子。

早点便宜，在合肥是吃不到的。吃了早饭，友人走了，我去街上转转。

往前走了一会儿，就是县城的中心了，两边是商业的铺子，看到几个名牌专卖店，不像在城里那么张狂，有点委琐别扭的样子。

看到新华书店了，进去把文史类瞅了一遍，也没什么想买的书，出来就不想再转了，在一个地方，找到新华书店在我心中就找到这个地方的地标了。

出了新华书店，街上有许多木三轮、电动三轮，找了一个电动三轮回宾馆，两元钱。

偶尔见到女孩子，也长得妖妖娆娆的，丰满而时尚，穿着窄小的上衣，凸出丰满的胸，长长的皮靴，露着长长的腿，便想起那句老话，男子可以四海为家。

回到宾馆，拉开窗帘，窗外是起起伏伏的住户。墙壁是用水泥泥了，灰色的，长年经水淋的地方，呈着向下的白色线条。屋顶铺着瓦，颜色不是红色也不是黑色，像是从泥土下挖出来的。房子盖得土，不像南方的房子，一看就有灵气。门前一个大通道既是走廊也是阳台，一位少年在台子上晒球鞋，有一位妇女在院子里躬着身子，翘起丰满的腚部，让人有了欲望。

开始准备发言提纲，朋友马上来接我去讲课了。

下 杜 村

环村皆良田也。

这句话是模仿欧阳修的，但用来说明我的故乡下杜村最省劲。

下杜村是一个小村庄，它的东边有一条弯弯的河流，河水被分割成几段，每个河段里都有一个很土的名字，如升田、下潦沟、老大坝、小河湾等，这只是故乡口头上的叫法，还没有形成过文字，不知道我这样写对不对。下杜村的西边也是一条河，但也没有一个学名，因为河面宽阔，河水源远流长，乡亲们就叫它大河。东边的河和西边的河在村子南边汇合，然后滚滚地流向远方。这些河里流淌的是乳汁，一代一代的人，就在这条河边繁衍生息。

这块土地同样也养育了我，但回想往事，我曾经对它是那么的叛逆。我的整个青春期，就是一心想着脱离这块土地。那时，我对下杜村写过这样的句子，"如果它是一艘船，我要潜到水里去把它凿穿，让它沉没；如果它是一只风筝，我要剪断手中的绳子，让它飘得无影无踪"。我不能去看这片黄土地，我甚至不能看这片土地上生长出来的庄稼，我觉得它们都是我的呕吐对象。走在金黄色的油菜花地里，我使劲把粘在身上的黄色花粉打去，感觉不到一丝诗意。只要一切与泥土有区别的东西我都喜欢，譬如石头，这种东西是多么符合内心里的想象啊，在连阴的雨水中，保持着坚硬和光滑。譬如飞机，它们时常从村庄的上空轰鸣着飞过，带给我无尽的遐想，它降落的地方，一定是远离黄土的地方。可我发现，我越想脱离下杜村，它反而与我胶黏得越紧，这使我很绝望。

我开始越来越叛逆了，我甚至不能与我的父母说话，我与他们有了语言上的冲突，常常把颈子犟得硬硬的，为此没少和父母怄过气。父亲想用他的暴力来征服我，但只能使我的皮肉受到痛苦，而丝毫不能改变我的内心。孤独时，我常到河边去散步，去呆坐，清亮的河水就在我的眼前轻轻地荡漾，不能带给我任何荫蔽，但河流是那个时期我唯一可以说话的人，我从河边再回来时，心里便平静了许多。

我的内心充满着痛苦，大人们的心里却是一片平静。他们在这片土地上日出而作日落而息，把每一块庄稼地都打扮得像一个要出门的小姑娘一样漂亮。他们不能待在家里，他们把能不能下地干活，作为衡量一个人生存的标准，如果说某某人不能下地了，那么这个人就是一个废人了；一个生了大病的人，他一站起来，首先就是踉踉跄跄地扛着农具下地去，这就等于给大家一个亮相，啊，瞧我好啦，没事啦。而我有着全身的力气，却喜欢待在家里，这个时期书籍是我最好的伴侣，我觉得这里面有我的寄托，但从书中抬起头来又感到十分的迷茫。我不停地读，不停地写，而不愿意到地里走一步，在乡亲们眼里，我似乎也是一个废人了。记得有一次，我徒步到十几里外的区文化站借了一本巴金的《家》回来看，父亲知道后，气愤地将书撕成了数段。为此，我们大吵了一番。

许多年前，村子里有一位长辈，去县城工作后，就再也没有回来了，甚至连他的母亲去世也没有回来过，他的兄弟们都不认他了。我虽然没见过这个长辈，但我想象着他的内心世界，是不是与眼下的我一样：与下杜村的决绝、叛逆。

终于，我离开这片土地，到城里工作了。多少年后，我的人生经过沉淀、淬火，下杜村这个名字在我的心头呈现出另一种意象来，它不再是我曾经叛逆的土地了，它是我的教堂了，在土地上劳作的乡亲们就是我的牧师了，村庄里的喧嚣就是我的雅歌。我每次回家探亲，都要到田地里去走走。看看绿色，看看村落里的老房子，想象着我的童年。村子里，那些老人们一个一个悄然离世了，和我一同成长的女孩子们都远嫁他乡了。又成长起来的年轻人，他们面孔陌生着，身体愣愣地擦肩而过。我不知道他们的青春期是否与我一样，正汹涌着对故乡的叛逆。

下杜村坐落在肥沃的土地上，和千千万万个村庄一样简朴、安详。现在我可以呼它为故乡了，这个金质的名字是我用近 20 年的时光打磨出来的。

大 戈 集

在我生命的流程里，我不能不写到大戈集这个村子。

大戈集是我外婆家的村名，全村子的人都姓戈。听我母亲说，他们祖辈是四百年前从山东迁移过来的。姓戈的祖先许多代都是单传，有几代就快要断了，后来又续上了香火，到了清代时，人丁开始兴旺起来，很快聚集成了一个大的村落。村子里的人全都姓戈，没有一户杂姓，后来，有了一个姓吴的人，是一个妇女改嫁从前夫家带过来的。他一个人住在村子后边的一间茅草房里，但在一片姓戈的村子里，感到十分的孤独和拗口。于时，在村里长者的主持下，也改姓了戈，辈分只能靠中间的，但后来，他成家立业了，还是搬走了，去找他以前姓吴的村子了。

村子不大，过去中间有一条巷子，把村子分为前头和后头两个生产队。巷子里晴天是一条路，雨天里是一条烂泥河。村子的西边有一个大谷堆，据说这就是祖坟，很高的，过去村里的人每年清明的时候都要去烧纸放炮和培土的。我们这儿有个习俗，说坟堆得越大，子孙们越兴旺，这样村民们乐此不疲，坟越堆越大，终于成了一块高地。

这种对祖先的祭奠一直延续到"文革"，"文革"时要破四旧，村子里也没有什么可破的，为了表示革命，有人提出堆坟是封建习俗，不能再堆了，于是就停了下来。祖坟失去了祭奠的意义，就成了村子里的一个大谷堆。春天，谷堆的四周开满了纷杂的野花。到了夏季，谷堆上面就成了人们纳凉的场所，大人们坐在凉床上，谈古论今，孩子们在凉床中蹿来蹿去，充满了嬉笑声。冬季里，谷堆上面覆盖着一层白雪，成了一个馒头，圆浑饱满，偶尔有一行清晰的小兽蹄印。

村子的东边，有一片枣园，树干枯瘦而坚硬，一棵棵笔直向上。园子里树立着一块紫红色的石板，上面大概写着这片枣园的归属。石板不长，十分的粗糙，文字也不清晰，但就是这块不显眼的石板，却与我的生命有着直接的关系。

　　这是我在这个城市工作后的事，有一次我在东门小花园里的长廊里休息，一个算命的人缠着要给我算命。我报了生辰八字，他算了一下，说我有一个干爷，我从来没听说过我有干爷。我说，你不要算了，你头一个就算错了。他跟我抬杠，说，你回家问问你父母，要是没有，你回来把我的牌子砸了。不久，我回老家，与母亲谈到这事，母亲说，因为小时候算命先生算你生辰八字里缺石，所以就认了大戈集枣园里的那块石头做干爷。这让我惊讶无比。

　　我是在外婆家出生的，当年我父亲在外公他们乡的供销社里工作，和母亲结婚后，就把二舅家的房子扎了一间给母亲住。我出生后，胞衣也就埋在这个村里了。父母在大戈集的生活是短暂的，后来，他们就搬回下杜村，和我奶奶他们在一起生活了。

　　大概是因为胞衣埋在这儿的缘故，我一直对这个村子怀有深厚的感情，我童年的许多日子都是在大戈集这个村子里度过的，因为有外婆呵护着，我每次一来，就不愿回去。但外婆去世后，母亲就不愿让我再在这儿住下去了。记得有一次我不愿回家，母亲却非要带我回家，我在前面跑，母亲在后面追，一直跑到村子外的山芋地里，终于被母亲追到了。母亲发了疯地打我，许多人来拉，然后，母亲像老鹰抓小鸡一般，把我带回了家。

　　我的外公一共有弟兄三个，我外公是老大，其中三外公是生产队的队长。他家的门口有一棵大皂角树，上面挂着一个钟，三外公每天拉着长长的绳子打铃下地干活。晚上，人们就聚集到大皂角树下记工分，说庄稼和农活。

　　生产队解散后，我的三外公就把门前的那棵老皂角树锯了，打成了无数只小板凳和砧板拉到街上去卖了。村子西边的那个大谷堆已快推平了，村子东边的那片枣树也早锯光了，做我老干爷的那块石头，也早已无影无踪。

　　如今我已很少去这个村庄了，我敬爱的亲人们大多去世了，原来的村子已空了，人们把房子盖到远离村子的地方。原来通往外面的一条小路，过去被路人踩得亮光光的，现在已是荒草萋萋了。村子不远处是一条水泥马路，我每次坐车路过时，都努力朝大戈集遥望，望着那些零散的房子，陌生的村子，许多的感受就翻涌着出来，这就是给我童年许多荫蔽的地方？让我割舍不去而又越来越陌生的地方？很快大戈集就在车子的速度中，消失在身后的一片高冈上。

梦见与叙事

春天里的一场笔会

河南赵家利给我打电话，说《史河风》杂志要开一个笔会，要我一定来参加。家利是我的好朋友，《史河风》杂志也是我看着成长起来的，我对它有着深情，欣然前往。

这几天合肥的气温非常高，仿佛已进入了夏天，我们穿着 T 恤就来了，可到了叶集一下车，天气骤然冷了起来，冷风吹在身上真起鸡皮疙瘩。来接我们的赵家利、赵家义和张南海他们都穿着春天的衣服，一下子让我们感觉分明是两重天。

笔会在山里的茶场里，车子向山里奔去，过了一会儿就进山了。路旁的树在雨水中更加翠绿，农家的房屋也在雨水中显得十分的宁静。车子在盘山公路上拐来拐去，这儿是大别山的边缘，再深入进去就是大别山的腹地了。到了茶场，已来了不少河南和安徽两地的作者，大家都在大厅里聚集着。

晚上，大家围坐了两桌吃饭。菜上来了，都是土菜，酒是小米酒。这年头，菜一土，人就有了食欲，顾不得过多的细节，就吃了起来。小米酒，我们也喝过，甜甜的，没有多大的酒劲，喝起来很舒服，但现在的这种小米酒和过去喝的不一样，有烈性。

酒喝到高潮，两桌的人都混了，也分不清你是哪桌人，我是哪桌人了，包厢里一片沸腾。

酒喝过了，有人还要去唱歌，但会议室里的音响却怎么也弄不响。负责这个音响的是一个女孩，有人就开玩笑地对她说，我给你在县里找一个对象吧。女孩说，好啊。那人说，反正比你强。女孩说，那干啥的呢？最起码能把音响搞响。大家就笑了，女孩也落落大方地跟着笑了。

第二天，一早醒来，就听见百鸟婉转，脑子清醒起来。这不是城里马路上车子的喇叭声和收破烂的摇的拨浪鼓声，这是睡在大自然里了。推开窗子，清风徐来，满眼都是茶山的绿，层层叠叠，真是好看。太阳正在升起，天空是明朗的，有着无穷的深度，阳光的光线奋力地向上扩散着，一片金黄色。

上午，笔会在茶场会议室里举行，大家都在发言，谈文学创作，谈与《史河风》的感情，认为能在这个偏僻的地方，把《史河风》办到这么好，是了不起的，《史河风》不但繁荣了当地的文学创作，而且承担了地域上的一张文化名片的作用。这些年来，《史河风》能够坚持下来，与主编赵家利的功劳是分不开，他四处化缘，义务办刊，是一种精神境界的体现。企业界的人士表示一定要支持《史河风》。

下午，去参观妙高寺，寺庙看得多了，已没有什么陌生，巍峨的大殿，雕梁画栋，朱红油漆等，一进去就感到很熟悉。但我还是喜欢寺院外的竹海，走进去，仿佛人的血液也被浸染成了绿色，清爽得很，竹子向上直直地生长着，像一个个攀岩者，头顶上的天空被一把把地抓起，高度没有穷尽。

在竹海的小亭里坐了一会儿，大家就往回走，路过那个算卦的摊子，不知谁抽了签，大概是上签，那个算卦的人正在眉飞色舞地解释着，仿佛他的眼睛已看透了他的一生，神秘而自信，我坐在一边不动声色地看着。

从巍峨的大殿里出来，我一个人走在寺外面的水泥路上，路旁一座普通农家一样的寺院，里面传来轻轻的梵音。梵音就同一个节拍，没有多大的起伏，一如小溪一样静静地流淌，让人听了，心事不禁涌上来，拂之不去。路旁有一个牌子，上面介绍着寺的来历，据说在宋代，有一户人家，辛勤耕种，朴素生活，有了一些积蓄，但夫妇俩膝下无儿无女，年老时一天忽然顿悟，把家产捐出作为寺庙，这样夫妇俩都成了出家人，也创下了中国佛教史上的尼姑与和尚在同一个庙里修佛的先例。

梵音绵绵不断地传来，在一片清静中显得十分的安详，看着路边朴素的房子，我就不免想起那对老夫妇，仿佛体会了他们在一生劳碌之后四大皆空的心境，不禁感慨万千。

第三天，按笔会日程安排，我们去仰天洼茶场，问要不要坐车子去，我说山路上景色好，路不远还不如走走，看看风景好，我一说他们都同意走了。

从院子出来，山坡上，一群人正在收割油菜。田地不大，四周用竹篱笆围着，男男女女七八个人，在里面劳动着，油菜大概也不好，稀疏得很，能想象出它们开花时一片黄色的寂寞的样子。田地里的人看我们走过来，有的人就直起腰来看，看我们这些不劳动的人，而我们也朝他们看，看他们这些劳动的人。

踏上水泥路了，路面不是很宽，但是新修的路，路有时在山头上，有时在山腰上，山上到处都是茶园，满山的葱绿，天空十分明净高远，有三两缕白色的云像撕碎的棉花，长长的似断未断的样子，在天空上飘逸；鸟在树的深处叫，可以听见鸟不同的歌喉，有的欢快有的深沉有的嬉笑有的似乎忧伤，但看不见鸟在哪里，偶尔有鸟从头顶上飞过，匆匆的身影一闪而过，不愿停留。从山上往山下看去，那些田地平展着，呈现出各种图形，似天工雕成，而不是人工耕作的。

路两边时常有些野草莓，红红的，圆圆的形状，像超市里卖的一粒粒小小的糖果，十分好看，有的人便不停地摘来吃。我吃买的水果多，野果没有吃过，不敢吃，也不去摘，后来，朋友摘了一把，在我面前一个个地吃。我被诱惑了，拿了一个尝尝，味道还真不错，我竟然也喜欢上了。下山时，他们都在前面走，我在山路上寻寻觅觅摘野草莓吃，红色的野草莓与红色的蛇果十分相似，人类有东施效颦的故事，植物也有吗？相似的东西总是容易令人混淆，但它们也有区别的地方，朋友教我说，野草莓里面是空心的，蛇果里面是实心的，不知道这种果子被人们区别了出来，它们是一种什么样的感觉。

下到山脚下，就是仰天洼茶场了，这也是一个美丽的茶场，老板不在，场里的另一个经理接待了我们。大家在会议室里品茗着仰天雪绿茶，赞赏茶的味道，有人找来纸和笔，会书法的人就开始泼墨起来。

临走，发现少了一位女诗人，原来她迷恋这里的景色，一个人打着一把小花伞出去赏景了，直到好久才回来。

中午回到陈淋子镇，大概有一年多时间没来陈淋子了，路旁盖了不少二层楼房，政府的楼也盖得气派，变化很大。

镇政府为陈淋子书法家协会和《史河风》编辑部进行揭牌，一个政府是如此的重视文化事业，也是不多见的。最激动的要数鲁书妮，因为"史河风"三个字是她爸爸鲁彦周写的，现在这几个大字就印在宽大的牌子上，十分的潇洒厚重，成为陈淋子镇镇政府的一块文化品牌，可鲁老已于去年仙逝了。看着今天这样热烈的场面，睹物思人，鲁书妮不禁感慨万千。

下午，大家一一分手，时间虽短，但留恋万千。

车子行驶在回合肥的路上，大家还在回味着这次《史河风》之行。

告别的舞蹈

　　从都拉洪草原上下来，接待方就把我们安排在一个蒙古包里吃晚饭。蒙古包就在一片草地上，四周是耸立的群山，虽然是炎热的夏季，但山顶上还覆盖着银冠似的白雪。

　　蒙古包里铺着地毯，按规矩，我们在门口把鞋脱了，赤着脚进去。包内长条的桌子摆成曲尺形，上面放满了酒和菜，桌子的两边放了毡子，大家就盘腿面对面地坐着。

　　我在门口的一个毡子上盘腿坐下来，掏出小本子，抓紧时间把一天来的感受，三言两语地记下来，免得忘了。

　　开饭了，蒙古包里顿时就沸腾起来。大家开始喝酒、吆喝、唱歌。

　　"你在写什么呀？"一个女子的声音在我的耳旁问。

　　我抬头一看，是小曼。小曼穿着白衣的裤子，红色的外衣，戴着一副眼镜，文质彬彬的。小曼是县里的工作人员，这次是来接待我们的，通过一天来的接触，我们都认识了。

　　我把原因给她说了，她在我的旁边轻轻地坐下来。见我写完了，她腼腆地说，我切羊肉给你吃。我高兴地说，好啊。

　　桌子上放着一大盆水煮的羊肉，她取出压在羊肉下面的那把锋利的小刀。她右手握着刀，左手拿着一块腿骨，娴熟地把刀刃轻轻地切进去，张开拇指压住羊肉，轻轻地一割，一块羊肉就割下来压在刀片上了。她仍用拇指把羊肉压在刀片上，递到我的面前，说，这是羊腿上最嫩的肉，你尝尝。我用手接了，放进嘴里咀嚼起来，果然鲜嫩喷香。她在旁边看我愉快的样子，自己也愉快起来。然后又用刀去割一块腿筋，说，这是最经嚼的，牧民都喜欢吃。我接了，又放到嘴里。

　　蒙古包里掀起一阵阵热闹，我们静静地坐着。她告诉我切羊肉的规矩，

梦见与叙事

说切羊肉时，刀子应当对着自己，不能向外。她轻声地说着，不停地把羊肉切下来，送到我的面前，我接过来的是一小块一小块幸福。她的手指是细长的，由于切羊肉，粘上了一层淡淡的油腻。她转动的眸子里，有着赛里木湖水的明亮、宁静，她眼镜后面的面孔上，散落着几片迷人的雀斑。

很快我就吃饱了，她劝我说，这里的羊肉好，这些羊都是放在山上的，不是饲养的。她说这个话时，让我想起一路上看到的，牧民们散放的羊群立在峭崖上，静止时，就是一块石头，活动时，才能看到是一个生命。

我只有接过她递过来的羊肉，吃了下去。

我劝她也吃一些，她也割了一小片，放进嘴里慢慢地嚼了起来。我们的目光相碰时，她笑了一下，低下头去，又切了一小块羊肉递过来。

一只羊腿吃完了，小曼拿起另一块羊排要切给我吃，我实在吃不下去了。

音乐响起来了，大家开始跳舞。她也站起来，伸过手来，邀我跳舞。我实在不会跳蒙古舞，就摇了摇手。她隔着桌子，就在我的面前跳起来，她又着腰，抖动着肩膀，腰肢柔软，她回过头来，朝我莞尔一笑，然后，又旋转着转过身去，张开的双臂，像雄鹰展开的翅膀，婀娜多姿。一会儿她蹲下身去，又抖动着身子慢慢地站起来，微笑着，向我伸出一只手来。我坐着，已经看得痴迷了，我知道，只要伸出手去，她就会牵起我的手。但她伸出的手又空着缩了回去。她双手又着腰，更有力地抖动着肩膀，摇摆着腰肢。当她远离我时，又立即舞蹈着回到我的面前。

音乐停下来时，大家都回到自己的座位上，她像一片云飘落在我的面前。

我倒了一杯酒，对她说，我敬你。她双手推辞着说，不能喝。我说，你就喝茶当酒吧。她端起面前的一杯茶，我们碰了一下，一倾而尽。

我又倒了一杯酒，对她说，你看看酒里有什么。她伸过头来看了一下，疑惑地说没有东西啊。我说，你的眼睛在里面了。我又把杯中的酒一倾而尽，我沉醉在"对酒当歌，人生几何"的意境中。

时间不早了，酒已喝到酣处，有的人已喝醉了，踉踉着，也顾不得穿鞋，就冲到外面去吐酒了。有的人还没尽兴，满桌子找空酒瓶贴着耳朵摇晃，听里面还有没有酒，如果还有酒，就兴奋地倒出来，边喝边吆喊起来。

我走到屋外，看到湛蓝的天空还是明亮的，如果在内地，这个时候已是深夜了，但在新疆天还亮着，远处的山峰上，皑皑白雪和皎洁的月光映衬着，纯洁、精粹。灯光明亮起来，照得草地碧绿的，有了梦幻的色彩。

大家在宽阔的地坪上集合，我们就要上车了。在草坪的一角，我又见到小曼了。她在月色下，更有了神韵。我说，你的舞跳得真好。她笑了，一抖肩膀，就在我的面前跳了起来，柔软的腰肢，飘扬的长发。她一回头，眸子里的一星明亮在我面前闪过。没有音乐，没有掌声，小曼跳得一样投入。我知道她是在和我告别，身子里有着无限的留恋。

我不想让这舞蹈停下来，但天下哪有不停下来的舞蹈？

上车了，大巴的两道光柱划开沉沉的黑夜，在山路上奔驰。我的眼前老是浮现着小曼的舞姿。在这遥远的天山脚下，在这异地他乡，我的心忘了归程。

落满星光的河水

　　一条河在土地上应当是裸露的，这样才是它的生命状态，但城里的河要想裸露却是多么的艰难啊。城里许多河，被覆盖上了水泥板，在上面盖上房子，你找不到了河的踪影，河屈辱地在阴暗的水泥板下流动。

　　但保兴埠的河水是清澈的，裸露的。

　　河的左边是一个集贸市场，门口放得一片自行车，里面人潮涌动，卖菜的、卖肉的，宰鸡的，做小吃的等等，三百六十行样样都有。跨河的桥头上，有几个小贩子，小喇叭里用方言吆喝着。人们来来往往从他们的面前走过，也没有停下脚步。河的右边是一片楼房，这是市民居住区。想想许多河在大自然里，身体是清洁的，一流到城里，就满身污垢。保兴埠的河身处市井之中，却保持着清澈的河水，实属不易。

　　我们沿着河岸走，河岸边是一片绿化地带，路从青郁的草坪中穿过，低矮的桃树上，凝神细看，枝头上缀满了一个个毛茸茸的小桃子。河水边生长着高高低低的芦苇，芦苇的叶片在轻风中轻轻地晃动着。大家说好，比光秃秃的河水好，芦苇使水有了气息。河水涟漪着，像一匹柔软的缎子，在清晨的阳光下尽力地打开着身体。柔姿的水柳，高耸的水杉，整洁的楼群倒映在河水里面，仿佛海市蜃楼。

　　我们一行人在河岸边走，就在讨论这个埠的意思，因为埠是个冷字，很少见到，大家争论不一。作家许辉说，我对这个埠字过去有过研究，埠在字典里的意思，就是水边隆起的小土堆。大家都说这个解释对的。也联想到了，在很久的过去，这儿的先民们依保兴埠河生存的历史。

　　河的两岸是居民区，有少年骑着自行车，自由而轻捷的身影一闪而过。在一座小亭子里，几位老人在练红歌，有板有眼，在早晨清静的空气里，他们的声音在河面上传播得很远。可以想象着在这条河岸边，应该烙下多少有情人的足迹，夜晚里，应该落满了多少星光。河上有了一座横跨的水泥桥，上面有一个旧书摊子，长长的旧书放了一地，我上前去瞅了起来，看中了几本民国杂志，但因为要价太高，只得作罢。

再往前走，路拐了一个弯，就进入居民区了，楼群里，浓阴匝地，两位老人穿着洁净的衣服，在树荫下剥豆子，她们面容沉静，是一天生活的开始。我因为在桥上看旧书摊，而与队伍走失了，就上前去打听，老人说，刚才有一队人从这儿走过去的。我赶紧朝前追了起来，穿过几座楼，又看到那条河了，河水拐着弯呈现在面前，我们参观的人，果真就在河岸边。

河面上漂着几只小船，每只小船上都站着一位穿黄马夹的人，他们不是在捕鱼，他们用网罩子在河面上捞浮萍，大家就感到新奇起来。原来，河里滋生着浮萍，如果几天不捞，这河面上就会累积起厚厚的一层，河水就会窒息。

一条清澈的河蜿蜒在城市的中间，陪伴着市民，这是多么有意境啊。评论家在分析河流与作家的创作时，认为"河流作为与人类日常生存经验紧密相连的构筑要素，以其时而自由奔放、时而恬淡中和、时而忧郁颓靡的自然属性与精神气质成为文学家乐于安放自我精神、渴求与寄予自我精神向度的话语空间与表征对象。河流成为一种激发某些作家倾诉欲望的精神延宕于文学想象之中"。

就要告别这条河了，站在保兴埠的河岸边，我不由得想起徐志摩那著名的诗句来："轻轻的我走了，正如我轻轻的来。我轻轻的招手，作别西天的云彩。那河畔的金柳，是夕阳中的新娘；寻梦？撑一支长篙，向青草更青处漫溯，满载一船星辉，在星辉斑斓里放歌。"

山 间 一 日

　　一早，天就晴了，正像昨天说的晴空万里了。吃过早饭，我们一行去天堂寨。

　　车子一出县城，就往山里走。不久，司机说你们看前面的山，就是我们这儿著名的美女山。放眼望去，在前方，有一座连绵的山，果真如一位仰面朝天躺着的美女，有披肩的长发，有突起的鼻子，起伏的山峦连绵成了她的乳房和身体，在雨后清新的空气中，轮廓清晰。山体浓郁的线条在天边更加丰腴，大家都惊呼起来。

　　车子再往前走，路就坑洼起来，农用车也多了。有的小四轮上拖着一车子毛竹，突突地奋力地走着，毛竹青幽的皮在阳光下发着亮光。路边的平房多起来了，通过敞开的屋门，可以看到农家屋内的陈设。有年老的人坐在路边的凳子上，动作缓慢而安详。

　　再过了一会儿，车子进山了，山并不像北方的石山或荒山。山上长满了树木，绿色青翠欲滴，路在山上转来转去，朝下一望却是纵深的山沟，才知道我们是在山顶上行走。偶尔看到山脚下一两户房子，就想过去没有路他们的出行是多么的艰难，他们祖祖辈辈在这里耕种是多么的艰辛。往前看，迎面是山，似乎没有路，但车子开到跟前，却有一条宽敞的豁口，公路又弯到深处。朝后看，路已被树木淹没，毫无痕迹，你不能相信车子就是从那儿走过来的。有时，看到对面山坡上有一辆车子与自己的车子平行地走着，但一转弯，那辆车子却无影无踪了，自己的这辆车子，要走好久才到刚才那辆车子出现的地方。

　　在山窝里，出现了一块平地，有一个小镇，叫落儿岭，这名字让人想起古代的许多传说。小镇上有一排古旧的房子，对立着，这儿是一条老街，可以想象过去人头攒动的情景，但现在在它的不远处就是一条新街了，车子在小镇上擦肩而过，又蹿进深山里了。

天堂寨到了，车子停在山脚下。我们开始上山，一个导游是当地的，很土的样子，但声音却是清脆的，她拿着一个小喇叭在前边走边说。过去碰到漂亮的导游，男士们就精神，话也多，现在说话却少了，大家开始了爬山。

对于旅游，编辑部里有不同的有趣的观点，有的人说山到处都是一样的，没什么看头。有的人由于身体肥胖，愿玩不愿走。而我们是不喜欢一年到头待在家里的，一待时间长了，就觉得全身都积压着许多沉重的东西，需要融化、释放。

山路在浓阴里，朝上蜿蜒着，一股清凉的风刮来，身上凉飕飕的，热热的脑袋也清醒了不少。向上，迎面是条瀑布从几十米高的山崖上哗哗地跌落下来，心里一阵兴奋，忘却了疲劳，开始真正进入了状态。

几个瀑布游完后，就是一个休息的地方，本来在这里可以乘索道上山的，但人家说上面风大，怕有雷电不开了，事后才知道是人家嫌人少划不来不愿开。我们就开始往上攀登。迎面是直而陡的台阶，有的人不愿上，留下来了，其他人都一轰上去了。

到达山峰了，山峰上没有树，只有巨大的岩石。站下看时，只见四处都是山峰，天空上飘着浓厚的云，擦着山顶压下来，似乎就要压到最高的那块岩石了，风在耳边呼呼的刮着，把头发掀起来了。

下到山下，在一家小土菜馆吃了中饭，烧的都是不常见的土菜，大家又累又饿，没等饭上来就开吃起来。

吃过饭，车子带到一条河谷前，我们开始沿着河谷走。太阳出来了，热辣辣的。

河谷两边修了木板的路，走起来很舒服。河水就在身边轰轰地流着，有时在乱石间不见踪影，有时形成一个小潭，水清亮亮的，像明镜，可以看见水底石头上的细纹。满河底都是大大小小的石头，有的石头是纯白的或纯黑的，让人感到那不是石头，是一团团心情，是碰不得的，一碰就碎了，就飘逝了。有的石头长着各种花纹，像动物的皮毛，这些石头挤成一团像许多觅食的动物，保持着各种姿态，使人也想融入进去做一块有姿态的石头。

我走到一片石滩上，蹲下身子慢慢地看，把面前的石头一个一个地抚摸着，有时从清水中捞出一个，把它放在手中认真揣摩，但石头在阳光下很快就失去了光泽，就像一朵花，从茎上被掐下来，很快就枯萎了。我赶紧把它们放到水里，清清的水一下子拥抱了它们。

梦见与叙事

木板路沿着河边蜿蜒，有时跨过河去，有时没路了，就在峭壁上架起一条路，有时，路下就是一个深潭，从高处朝下看，水面没有波纹，静静的，清幽幽的深处，似乎隐藏着一双眼睛，那是什么人的眼睛呢？是情人的眼睛吧？有着巨大的诱惑力。于是，人就诞生了投身其中的欲望，大家就扶着栏杆说谁敢往下跳，有人说要出多少钱，出多少钱是衡量投入其中的价值。虽然没有一个往下跳，但每路过一个潭，我们都衡量过了，有的潭只能出到五十元，最高的可出到十万元，有个潭不出钱也愿往下跳。

　　走到一处小水潭边，我脱了鞋下到水里，水的清凉有了刺骨的感觉，这种清凉是悲伤的，阳光的热量没有一点进入，我在水中轻轻地走着，水在我赤裸的腿上刻下了一条柔软的印痕，它在这儿停留了这么久，寂寞中的等待，是多么的疼痛。走上岸来，用水轻轻地洗去，然后再上路，那条印痕似乎还在腿上。

　　路边的野树林里有了野果，圆圆的挂在枝头，是青色的。野果的出现，使路途增加了一层新的诗意，这是自然界里的智慧，我们的祖先最早就是食用它们而繁衍下来的。现在，我们的餐桌上充满了太多人工的东西，对野生的东西又充满着向往和追求。

　　小路终于走到了尽头，回首身后，是高高矗立的山峰，河流就是从山凹流下来的，河流还在往前流淌，但我们不能追寻而去。

　　我们与河流告别的地方，是一段水泥路面，我们的车子就停在那儿，上了车子，河流转身就不见了，相伴的一段路程开始缥缈起来。

梦境仙寓山

从远处听，水是万马奔腾的声音，到了近处，水是宁静的，在一个个小的水潭里看不见流动，似乎是一块块晶莹的冰；从远处看，水从高处翻滚而下，是雄性的，有着爆炸后的力量，从近处看，水是阴柔的，似断肠人在天涯，不忍面对。

水底看起来很浅，可把手伸进去时，才知道水其实很深。水底下，大的石头，小的石头，红色的石头，黑色的石头，白色的石头，圆的石头，长的石头，不规则的石头，它们累积着，五彩斑斓，就像超市柜台里的珍珠玛瑙被射灯的光打着一样，有着夺目的绚丽。蹲在水边看久了，就觉得自己拥有了如此巨大的财富，可以享受人间的荣华富贵了。看准一颗最美丽的石头伸手捡起，石头离开了水，马上消失了绚丽的颜色，就像一件久远的文物，刚一出土，色彩就变黑了，脱落了，一钱不值了。于是，沮丧得很，又把石头扔进水里，那些绚丽立刻又在它的身上重现。

如何唤醒这条山谷里的石头？我有了怅惘。

抬起头来，看见群峰屹立，有一缕山岚升起来了，飘飘悠悠的，就要与天空上的云融为一体了。山坡上有一小片地，地里种着山芋，山芋紫红的藤子扯扯拉拉着，就要爬出地界与野蔓融为一体了。

我在山谷里走着，脚步踏在石头上，就觉得每块石头都是一片云朵，有着飘逸。脚步踏在石阶上，石阶在树林中曲曲弯弯着，就觉得人生的路是如此的艰辛。

转过一个弯，看到浓阴中露出飞檐翘角，走近了原来是一座廊桥，桥下是一条溪水，潺潺地流着，从深山里来，又不知道到哪里去。桥上坐着一位老人，清癯的样子，稀疏的胡须雪白着，身旁用拆开的纸箱盒子写着"点唱民歌"。我在他的身边坐下来，给了他五元钱，让他唱一首民歌，老人高兴地递给我一个本子，说如果我听不懂，就看本子上的内容。我接过来看，本子是学生的练习簿，上面用钢笔抄写着一首首歌的内容。然后，老人就捋着胡须唱开了，他的一只眼瞎了，紧闭着，一只眼明亮着，炯炯有神，声音不高亢但很婉转。歌里唱的是一个樵夫夜里回来了，老婆怎么接待他。唱着唱着老人忽然停了下来，我想他可能是在卖关子又要找我要钱了。我问怎么不唱了，他说你是文化人，再往下唱就不好意思了。老人说着，脸上仿佛有了羞色，原来再往下唱就是夫妻上床了。我说唱吧，反正我也听不懂，他接着就唱了起来。

　　老人唱完，我问他多大了，他说，一百多岁了，我问这儿的山叫什么名字，他说叫仙寓山。果真有仙？我惊诧起来了，一时不知身在何处，就这样痴痴呆呆着。

黄山三日

新安江边

从宾馆宽大的玻璃窗往外看,前面就是新安江了。

江的两岸是灯光,江面上有两座桥,桥上拉了霓虹灯,在夜色里闪烁着,五彩缤纷,勾画出桥的轮廓,这些灯光,倒映进江水里,姹紫嫣红,江水像画家洗笔的砚,被各种颜色搅混了。

现在,我有点迷离了,不知道身在何处,只觉得可以纵身跳进去,就像李白捞月一样。

虽是夜半,已不是散步的时候,但我还是油然下楼去了。

出了门,就是新安江岸。正是初春,吹面不寒杨柳风,人的情绪里就有了萌动。走在灯光里,灯与灯之间就有了长长的距离,站在江边看江水,江水是黑色的,没了在楼上看到的感觉,继续走,走到拉索桥头,借着朦胧的灯光看到宣传栏里有一首郁达夫当年夜游黄山的小诗:"新安江水碧悠悠,两岸人家散若舟。几夜屯溪桥下梦,断肠春色似扬州。"看了一会儿,仿佛就看到了郁达夫的身影,他也正独自徘徊在新安江边,然而他眼里看到的屯溪春色为何是断肠的呢?一时,我也被氤染了。

古往今来,许多名人来过屯溪,在这里一不小心就能碰到他们的身影,他们的身影形成了这里的文化,而我作为一个旅人,在这江边徘徊,匆促身影里的一点惆怅,很快就会随风飘逝。

我停下来,向来处看,灯光是一条长带,看不到尽头,那里隐藏着千千万万个人美丽而又容易破碎的梦幻吧。向前方看,灯光断了下来,我想象那无尽的黑色里有什么呢?没有灯火的黑暗,那是乡下的田野,那里的泥土是泥泞的，万物在土地上蓊郁地生长着，它们不需要灯光，它们有着生命真实的颜色。

夜宿呈坎村

傍晚，我在村子中穿行。马头墙上的斑驳，门头上的石雕，偶尔一个窗口在陡直的墙壁高处关闭着，还有隐蔽在巷子深处的颓废，这一切和许多徽州古村落一样。

脚下是鹅卵石铺的巷道，凹处积存着浅浅的雨水，清亮亮的，似碎了的玻璃散落着，鹅卵石上的光滑使脚踏上去，感觉不到这是石头，而是一枚枚钉子，日子是陈旧松散的木板，被这些钉子紧紧地固定着。一个妇人端着一碗饭边吃边向对面的人家走去，经过我的身旁时，空气中立刻飘起一缕淡淡的温暖的菜肴味道，又迅速地散去。

村中有一条河，河面上有座廊桥，已失去了往日的华丽，上面的顶盖已经破烂，只剩下数只黑色的木头柱子站立着，就像鹤的双腿，细长骨立。友人说，这是元代的建筑，我惊大了嘴巴。面对廊桥我想象着，这是一只飞行器，从时空深处飞来，停留在这里，它随时又将飞走，飞向另一个时间的深处。

晚上，我在一家小旅馆住宿。

我站在窗前向黑夜的深处遥望，刚下过雨的空气中，饱满着水的湿润，一盏灯宁静着，窄小的光倒映在湿的地面上，印着宽宽的朦胧的影子。马路上是空寂的，仿佛一条磁带，没有录上任何的声音。

黑暗中，听到河水奔流的声音，哗哗的，越夜越清晰。它就是大地上的一个喉咙，眼下，它诉说的不是古老的历史，不是商人的讨价还价，而是千万朵花蕾在探讨用如何的姿态迎接即将到来的春天。

在这初春的夜色里，我处身在古老的徽州文化场里，像芽儿在铁青的枝头渐渐苏醒。

登 黄 山

车子载着我们，一直往山上开，车子在盘山公路上弯来弯去，路的两旁是高耸的水杉。到了索道下，来了一位小伙子，戴着厚厚的眼镜，是专门给我们当导游的，他黑色的皮肤，可以想见常年在户外活动的踪迹。我问他，当年登山的小路在哪儿，他把手朝下面一指，顺着他手指的方向看去，只见一条细细的台阶，像飘带一样从山谷间逶迤而上，我不禁浮想联翩起来。

约二十年前，我和几个同伴一起来登过黄山。那时，我们刚开过一次文学笔会，几个年轻人结伴而来，那时，我们没有见过名山大川，带着推开世界大门的稚嫩的眼睛，来看世界的。记得晚上住在汤口的一户农家，晚上，坐在火桶里，农家拿出许多茶叶和干货向我们推销，我们问怎样上黄山，他说，从南门上，景色好看，但人累点。如果从北门上，人轻松点，但看到的景色却没有从南山上好看。我们凭着年轻有力气就决定从南门上。

第二天，我们背着干粮开始上山了，只记得沿着长长的山坡爬上去，累得气喘吁吁，然后忽然看见一座裸露的山峰，气势非凡地矗立在眼前，一下子就被震惊了。我们攀过鲤鱼背，登莲花峰，观西海云彩……那时一次年轻的洗礼，宣告着，世界的大门慢慢地在向我们打开。

二十年过去了，现在，我又回到旧时的景色里，我们乘着索道上山，一路风景依旧，但身上已没有了当年的汗水。我一路走一路回想着往日，思索着二十年来我所走过的人生之路，有平坦，有曲折，有艰险，有许多次，人生的路仿佛就要断了，然后又柳暗花明。

乘着索道下山，山下，车子已早开着空调在下面等着了。我们上了车子，离开黄山，沿着高速公路向城里驰去。

第三辑
一朵一朵盛开

它在穿过
——记一次旅行

没有我不肯坐的火车
也不管它往哪儿开。

———[美]米莱

火车在茫茫的黑夜深处穿过，
罪恶，谎言，欺诈，恶心……纸片一样飞起来。
如果是静止的，我看不见这些。
但它在穿过，窗外闪过一片灯光，灯光下是空荡的，不见一个人影，堆积的光亮被黑暗挤压成坚硬的一团。
火车穿过一座桥梁，发出瞬间的轰鸣，窄小的河流，柔弱的身子在匆促地逃亡。
火车在连绵的群山中穿过，从一个山洞钻出，又钻进另一个山洞。
黑暗连着黑暗，黑暗套着黑暗，丧失了记忆的旅程，在宇宙中膨胀，距离变形成一桶方便面，快捷但没有营养，飘着一股廉价的味道。

卡夫卡看到了这趟游荡的火车，
他从城堡里飞出，
他的眼睛里充满了诧异。

我提着硕大的旅行包
——它的腹内鼓胀着，它是母性的，当我把那些小日用品一件一件地往里面装时，它就受孕了，它孕育了我整个游荡的梦。

但随后它的重量会慢慢地减轻，它变得空空的时候，便诞下了我的灵魂——那是旅程的尽头。

逃走——

我在沿着空间的边缘逃走，我的双手用力推开这钢铁的门扉，慌乱的脚步必须轻轻起来，不要惊动守卫的士兵。这轰隆的声音，是门扉打开的声音。

我的身体被禁锢得太久了，肌肉里剩下的最后一点力量，用来寻找自由、幸福、未来……

这钢铁的车轮与铁轨的摩擦，像一把锋利的刃，在切割着漫长的旅途。

昨夜，不停地在火车的吱扭声中度过。

车轮仿佛锈蚀了，在巨大的力量拖动下，不情愿地发出痛苦的声音。

又仿佛是一个老年人，不停地在耳边絮叨着陈年往事。

我被折磨着，在一次次刺激中醒来，又在一次次困顿中睡去。

终于醒来，火车停顿在一个小站，我从一列停靠的货车车厢空隙处，看到对面有一个巨大的红色的"路"字。

我凝视了好久，浮想了好久，我这是在路上了。

我积淀的激情在迢迢的路途上一遍遍地涂抹，像一头成年的雄性狮子，在用自己的气味划分着自己的领地——一块灵魂的领地。

乘务员过来让我写顾客意见，年轻的服务员，有着一双美丽的眼睛，刚刚过去的黑夜就消失在她黑色的眸子里。我问，这火车的吱扭声是怎么回事？她说，这不是火车问题，是这段路的路基不好。

这就奇怪了，我怀疑我的灵魂是否奔赴在一段危险的旅程上；或者说，这一段旅程还没有维修好，我的灵魂就开始了一场奔赴。

这个"路"字，是对我的唤醒吗？

我抬起身来，想看看为什么会有这个"路"字，这时，我才看到了完整的句子"中国铁路"。

这游荡的火车，它在这个小站停留得太久了。

清晨的田野上，飘浮着淡淡的雾气，有着舞台上刚要揭开还没有揭开序幕的样子。

田埂上，到处是被焚烧过的痕迹，黑色的灰烬，一块块地，伤疤似的留在地面上。

田里的麦苗青青的，有一条抄近的路，淡淡的，弯曲着，这条路会被成长的麦子淹没吗？还是它在麦田里越来越深。

树上的叶子落了，只有一片两片挂在枝头，黄黄的，仿佛宁静的眼睛。

速度会把陌生、自由、未来带给我们，会在超越一个个点后，描绘出一条清晰的轨迹。

速度，在心灵的想象里，可以像上帝一样俯瞰一切。

这个静止的小站，它是凝固的一滴水，很快会逝去。

这无垠的土地，它在旋转，

古老的村庄，静止的树木，升起的太阳，全都散发着清新自然的光泽。

火车在土地上面奔驰，隆隆的声音之后，土地又归于一片沉寂。

没有人关注这列火车，因为我的存在，这列火车载着的是我一个人。

它在奔驰，它没有双腿被束缚时的局促。

土地，我们需要它更加宽广，不被分割。

火车，在秋天空旷而明净的土地上奔驰。

轮子下卷起的风扩散出层层涟漪，火车奔驰着，它要把我拉走，我的灵魂跟随着它，不问归途。

拾荒的人，手提着蛇皮袋子，沿着铁轨低头寻找，长长的火车似一堵长长的围墙，在他面前壁立着，他在这峡谷间行走。

他寻找的东西：一个矿泉水瓶、一个啤酒瓶、一个易拉罐……

这是从火车上扔下来的，这个游荡的火车，它充满着荒诞，它弃下的东西，带着梦幻的片断。

警察戴着大盖帽，穿着蓝色的制服，背着手，从过道那头过来，一双眼睛像鹰一样，左右巡视，那把精致的手枪斜挂在他的腰上，他在车厢里慢慢地走着，像在街头蹀步。

他走过去了，什么也没有发生。

疲惫的旅客挤坐在一起，凝固，沉寂，似乎有了钢材分明的棱角。

警察是一场戏剧里，一个跑龙套的角色。

一列复制得完全一样的火车，从窗外一闪而过，它是迅速的，里面挤满了人。

一个窗口，女孩子美丽的面庞一闪而过。

那列火车，也是游荡的，像一颗拖着明亮尾巴的彗星划过。空间是无限的，来往的游荡只是一瞬，即生即灭，像一只蜻蜓翩然落在树梢上，又翩然飞去，不留下一丝痕迹。

异乡的人，带着陌生的声音和匆忙的面孔，来到火车上。

异乡的人，很快找到自己的铺位，坐下来，车厢里经过短暂的躁动，又安静下来。

她坐在小小的床铺上，宁静的面孔上，有着山水的踪迹，远处那片高高的山脚下，有着她的家，她童年的脚步曾踩着门口的铁轨，平衡木一般的走过。

异乡的人，带着一身的神秘，来到火车上，长长的旅途中，上帝的眼睛在窥视着。

山洞，这短暂的黑暗，一个连着一个。
这些洞窟不能久留，必须快速地穿过。
时光在黑暗中凝固，在阳光中融化。
瞬间的黑暗，瞬间的光明。
火车带着撕裂般的疼痛，一路奔驰，突破。

我对自己说，这是一个漫长的旅程，火车将载着我横穿几个白天和夜晚——我要去的地方，是一个陌生的地方，时间将像养肥了的猪，被屠杀并发出绝望的号叫——那里没有多少人到达，但却是真实的，而我所到达过的地方都是虚拟的。

晚点的火车在加速，
它要追回远逝的时间，
它的速度与时间的流逝同在一条轨道上运动，

晚点的火车，身上披着陈旧的颜色，在阳光下发出沉重的喘息。

经过一天的奔驰，火车终于到达第二天的夜晚，
仍然是黑暗的，
但是它与昨天的夜晚隔着长长的距离。
火车的速度仍然是恒定的，
窗外呈现出许多灯光，印在道路的两旁，像水边游来的一群鱼的眼睛。
这是一场创世纪的大混沌。
我将睡去。
火车潜伏在黑暗的底部，像一条地下河运行在大地的深处，
一种罪行在这里被意外发现。

游荡的火车从城市的边缘经过。
一个城市，卧在长长的铁轨旁，像一个巨大的马蜂窝悬挂在一个落了叶子的枝头。
密布着许多口子，许多人进进出出。
不需要停留，更不需要进入。
化了妆的城市，给人脂粉的气息，在那里，高耸的楼群，被损毁的树木，迷路的异乡人，小旅社里的一夜情……都是它身上的首饰。
道路蛛网一样地悬挂着。
在楼群的缝隙里，有一条步行街，匆忙的人流里，我看见一个美人妖娆的身影，短暂的凝视是对我生命的一次呼唤吗？
火车时刻表上，没有安排这次停车。
我会记住这双眼睛的。
我走回自己的卧铺，一个灵魂安身的地方，被火车承载着，四处游荡。

火车停在月台上，长长的橘黄色的身体，
它是一个史前的巨大动物，它是善良而美丽的。
我的进入同时也是退出，从过去陈旧的模具里退出。
火车又启动了，我开始迷离起来。
火车从一座桥梁上通过，底下是黑夜流过的汁液。

乘务员聚集在窄小的工作间里抽烟，

四五个年轻而美丽的面孔被烟雾笼罩着，

里面的一个女孩子也看到了我，她厌恶地叮嘱门前的一位女孩子用背把玻璃窗挡住。

她的背影移过来，蓝色的。我走开了。

坐下来，我一直心痛，日日枯燥的长途，会毁了她们。

这是我灵魂的影子，

一只小小的灯光下坐着我的身子，

它是被拉长了的影子，

乘务员青春的身子，包裹着迫切的欲望，这么遥远的距离，对于她们来说是煎熬，对逃离的人来说，是一次畅游。

她脑后颤动的蝴蝶结，勾住了我的目光。

我必须挣脱，否则必然坠毁。

我内里的碎片再一次粘成一只陶器，

里面储藏着我的想象。

四周有了鼾声。

借助朦胧的光，我看见黑暗中黑魆魆的山峰和马路上一只孤独行走的农用车的灯光。

女乘务员打着小手电来查铺，像一只小小的萤火虫，或者像妖姬。

火车停下。

这是一个小站。

我贴着玻璃使劲地向外看，才看到黑暗中的几点灯光，有几个黑黢黢的身影，缓慢地走过。

几个下车的人，很快融化在黑暗中成为另一块黑暗。

我的头离开玻璃，看到玻璃上映着自己清晰的脸孔。

另一列火车过来，也停了下来。

小站是一个门槛，在城市的边缘，既不打开也不关闭。

火车突然缓慢下来。

一群工人穿着黄马夹，手握锹、耙、镐等工具站立在路旁。

路边堆着一堆堆石子。

他们的工作是为了游荡的火车每次通过时更加安全。

可以清晰地听见一位工人用镐在路基上抛着石子，发出哗哗的声音，一位工人在稍远处往路边挪动着笨重的枕木。

我遇到的第一个深渊是在火车停下时发生的。

游荡停止，没有底部的自由落体。

这是临时停车，火车时刻表上找不到这一段时间，火车被魔术师的手隐藏了。

长长的静止，周围的风景已经黯淡模糊。

太阳的光线是垂直的，深渊的四壁长满了奇怪的树木，岩石上的石缝里嵌着古老的时间。

这一段时间，应该是黑色的，即使阳光透彻，也是这样的，眼睛看不透的时间，掩盖着真实。

火车一动，深渊就烟消云散了，就像一场龙卷风丧失了力量，被卷起的杂物，纷纷落下，但已离开了原来的位置。

外面的事物是静止的，阳光穿透了它们的思想，那粒弱弱的思想，如它前世的生命。

它们静止着，一个季节的热烈，现在沉寂下来，立在肉体里的锋芒，从地面到梢头，短暂的距离里，汲满了声音并沉默在纤细的茎里。

这是秋天了，冷空气在北方聚集。

一场火焰会在指尖到达，掐灭的黑暗会重新到来，布满身后的空隙。

刚下火车的民工，他们宽阔的脊梁背着大大小小的包裹，身形臃肿地一堆一堆缓慢地向前走着。

车厢里显得空敞起来。

这是一渠洪水，在两岸间的河谷里流动。

它的奔流像无数大提琴、小提琴、爵士鼓、长号在演奏，奔放，自由，激烈。

我是随波逐流的一条小鱼，在洪大的水流中翻腾，跳跃，游动。
时间的沙滩是白色的，是每次洪流从高处携带下来的心灵的积淀。
它越往前走，地势越平坦，但内里的力量仍没有减弱。
它推拥着我，这个游荡的灵魂。

火车奔跑的脚步踏在这秋后的盛典里。
边缘被它一次次抛在身后，
它要奔跑，它停止不下来，在激烈的铿锵声里。

她们把不锈钢的器皿收走，相互碰撞着，发出生硬的声音。
她们把洁白的小台布收走，小茶几上赤裸着，在瘦弱的灯光下，空空
荡荡。
她们用扫帚把地上的杂物扫走，装进硕大的黑色的塑料袋里。
火车离终点越来越近了，这是最后的晚餐。
也是重新开始。

成熟的土地

旅　　程

黑暗降临了，我抬起头透过车窗玻璃再也看不到移动的田野，看到的却是自己的面孔清晰地凝固在上面。

——白天像一个无足的动物悄悄地消失了。

亮了灯的火车在田野上奔驰，像一条长龙在地面上游动，驰过的地方涌起一阵热烈和铿锵的声音，瞬间的黑暗又复归无边的寂寞。

火车经过一个小村庄，许多窗户在屋内的灯光下呈现出来，像一面面小小的电视机屏幕，可以看见里面人活动的身影，虽然只是一瞬，但在遥远的旅途中，增加了一个情结，一个旅途中的人，不管他是出发或是到达，他背后的家才是永恒的终点。

火车经过一座大桥，发出巨大的空旷的声音，河面在黑暗中流逝着，与行驶的火车构成同一幅图案——逝者如斯夫。

火车经过一座城市，黑暗顿时退去，外面灯光辉煌，霓虹闪烁，汽车的灯光在马路上划出一条光带疾驶而去。火车在站里停了下来，站台上人影幢幢，有背着塑料袋子的民工，有拖着拉杆箱的时尚妇人，车厢里经过一阵纷乱又平静下来。

火车又缓慢地启动了，驶出城市，一头扎进黑暗。

无边的黑暗里，有一处弱小的灯火，充满了善良和坚强，那灯下，该是生活着一个什么样的人呢？在这茫茫的黑夜里，周边没有一盏灯光相伴。

火车越来越快，旅途在黑暗里迅速地退去。

从出发到终点，这两点之间的距离一半在黑暗里，一半在明亮里，一个旅人在其中穿过，他的身上仍是空空荡荡。

成熟的土地

从高处瞭望，麦子熟透了，一畦畦的，像刚出炉的面包，柔软而金黄，村庄掩映在绿树丛中，不留一丝痕迹。

风在树冠里拧来拧去，像洗涤衣服的妇人的手，要从中拧出多余的水来。

河面平静，经过一天阳光的照射，散发着氤氲的水汽，阳光在水面上跳动着，像在跳方格子游戏的小女孩的脚，轻巧快捷。

一头老牛在悠闲地吃草，它黝黑的皮毛上，还粘着黄黄的一块泥土，使人感到生活的艰辛。

离城里越来越近了，田地里的景色慢慢消逝，高大的脚手架多起来，它们长长的臂膀伸展着，像从深海里浮出来的巨型乌贼的爪子，想抓住一切的欲望。忽然就有了成片的楼房，宽阔的马路上车水马龙，刮过来的风也长着灵敏的鼻子，在人的皮肤上嗅着是不是有钱人的味道。

在菜市场上，我看到卖菜的农人，他们篮子里的菜是碧绿的，水灵灵的，黄瓜上还挂着鲜艳的黄花，似乎还没有收拢，在这些菜的身上，我又看到了消逝的田野。

一个卖烧饼的人，在案板上使劲地揉着面，炉子上放着刚烤上来的烧饼，黄黄的，松软的，我情不自禁地买下一个，大口地嚼了起来，仿佛在嚼着成熟的土地。

演马戏的孩子

妇女头发蓬乱，蹲在人行道上，用古铜的锣面叩着地面，发出清脆的响声，她面前的两个孩子也是头发蓬乱，长着和妇女几乎相同的面孔，他们在地上铺着一张脏兮兮的布垫，这是他们的舞台。开始马戏表演了，先是小女孩上场，她把腰弯过来，头抵到了脚后跟，成为一个圆形，男孩子给她搬上来一个铁的道具，她用牙咬着上面伸出来的支点，整个身子提起来，重叠着悬在空中了，然后开始旋转。

妇女手中的锣猛然剧烈地响起来……

轮到男孩子了，他骑着独轮的车子，在几个桩子狭窄的空间里疾速地绕来绕去，他的两只胳膊在空中夸张地甩动，以获得动力。

妇女手中的锣又一次剧烈地响起来……

清晨的街道上，到处都是刚出门的人，空气清新，声音清晰，演马戏的孩子把最好的身手显示，虽然还有点拙劣，但他们会一天天成熟起来的，因为他们饥饿的肚子需要这种技艺，他们的上辈就是这样过来的。

下　岗

"今天的活计在哪里?"

他在楼顶上走来走去，脚下是他的房子，还有一个丰满的老婆和一个幼年的孩子。

他像一头狮子在走动，眼睛里看到的是幽蓝的日子，耳朵里的喧嚣浮起来，背后的楼群森林般密集。

他能做的，只是焦虑后的走动。

短暂的距离，使他走得更远。

破烂的楼顶上再一次显出，季节的干旱和食物的短缺。

远处的秃鹫飞起来了，宽大的翅膀黑压压的一片。那里可能有着腐肉，

但他是一头狮子，

——它不屑一块腐肉。

返　乡

临近春节——

雨已下了几天，乡村是泥泞的，潮湿的空气里，偶尔有爆竹的声音，从遥远的地方传来，村庄宁静的天空里，总是储存着过多的思绪。那些打工的人，从遥远的地方赶回来了。原来空荡的村子里，人多起来，显得拥挤了，一出门就能碰到熟悉的人，热情地打着招呼。他们青春的身体，带着厂房里的气息，在村庄里进出。低矮的房屋，陈旧的色彩，在雨中的光线里，渐渐地变换着皮肤的颜色。青年的脚步还踏在乡村古老的泥泞里，但他们的脚下，已经开始坚实，不再是父辈无边的贫困和泥沼。

离　乡

他们在走，路上的桥梁和驿站，联结着身体里的筋骨。

与他们脐带相连的道路从村口伸出。

一棵树的枝头是多么高啊，一片云的踪迹消失在一片庄稼地里。

脚步上的泥泞黏着沉重，他们不能停止，

遥远的城里，一块巨大的飞轮在旋转，切割着从城里到乡里的时光，他们的许多人进来就熔解了，再也没有回头。

乡下的草房子、土坯墙开始发黄，腐朽在一场夏雨后。

丰腴的土地上，生长出新人崭新的身影。

候 车 室

这些坐在灯下的人，他们的身子里隐藏着遥远的旅途，候车室里的空间，压迫在他们的头顶。他们各自的姿势，没有一个雷同，驮在肩上的包袱里，塞满了苍白的日程，内心里的焦虑，在列车临近时躁动，又在晚点的预告里，忍耐着时间的割伤。

——铁轨在泥泞里愈加锃亮，穿过长着庄稼的田地，多少次他们停下耕作遥望着一列火车蜿蜒而去，在大地敲打出轰轰隆隆的声音。

工 地 上

行道树直立着，像在等待着一场盛宴。

天空是灰色的，没有一丝松动的迹象。

民工们在大声地呦喊，拉起的钢索像他们鼓起的肌肉。

他们在工地上紧张地忙碌着。

如果楼群能够再低一点，就可以看到城郊以外的远山了，但他们砌起的楼群只能向上，他们用一块块红色的砖头，阻挡住了遥望的视线。

停不下来，停下来，他们的肌肉就会酸痛，这些灰头土脸的人，他们的身体质地坚硬，没有一丝人类的赝品。

他们忙碌着，贫困铆紧了每根骨头。

厨子在为他们准备着一天里粗糙的饭菜，

粗大的碗，放在简陋的板皮上，宁静着，仿佛成佛。

说 话

夜晚，我从工地边走过，空旷的楼房里传来民工们大声的说话声。

楼房还在脚手架里，每个框架里面都是黑沉沉的空洞，民工们就住宿在里面。

房内没有电，他们粗糙的脸孔，只能就着工地上的弧光灯照明。

他们嬉笑怒骂，从他们陌生的乡俚土语里，我仿佛看到了我曾经走过的遥远的小山村，那些低矮的房子坐落在山坡上，浓阴掩蔽着它们，土地上的庄稼，在风中哗哗地响着，空中飘荡着清爽味道。

在这短暂的休憩里，他们在空洞的楼房里大声地说着和这个城市格格不入的语言，他们语言的背后是广袤的土地，安详宽阔，而这个城市的语言背后是水泥的楼群，越来越狭窄的空间里，只能流过湍急的躁动。

黑 色 的 灯

路灯在天边排列着，它们整齐的灯光，像一棵棵树木站在山坡上。

红色的、白色的、蓝色的，我心里的那盏灯是黑色的。

它照不见什么的，因为它要隐蔽着什么。

红色的灯是情人的，白色的灯是工人的，蓝色的灯是幸福的，唯有我的灯是沉重的。

我坐在这黑色的灯盏下呼喊。

卡夫卡，我在呼喊你，需要你把我从城堡里救出。

塞万提斯，我在呼喊你，我需要你把那匹瘦马收回，不要让人们再叫我堂吉诃德。

工地上的灯光

灯光就在不远处的工地上。

去年的这个时候，这儿还是一片月光，月光下是一片菜地。常常有一盏移动的灯光，那是捕泥鳅的人打着电筒，拿着一张小小的网，在水沟里捕泥鳅，电筒的光照在静静的一小片水洼里，浮起的一片晕黄，可以看到浅浅的水底和绿绿的纤细的水草，捕泥鳅的人也许什么也没捕到，但我喜欢这月光下一点移动的灯光。

现在，菜地全被推土机推开了，这儿成了一块工地。夜晚，一根高高的柱子上，一盏灯亮着巨大的光芒，月光落不下来了，庞大的水泥地在一天一天地向高处生长。

现在，工地上的灯光开始接近我，就像舞台上一块庞大的幕布，我想撕开这块布，看看它背后隐藏的是一只什么样的手？接下去将是谁上场？

徒手，徒步

含 羞 草

是谁最初发现它是含羞的？

它的眼睛长在细小的叶子上，一小抔简陋的土里，埋藏着她的心脏。

阳台上的风，还和往常一样吹来吹去，它们不知道，今天我的阳台上有了一盆含羞草。

一片叶子死去了，倒在不能承受之轻的草茎上，泯灭的心，已看惯了风尘，枯黄的色彩上，涂满了沧桑。

活着的叶子，仍在含羞着，面对羞耻，它们不能活得和其他草一样。

春天的麦地

我坐下来，绿色就升起来了。

厚厚的绿齐着我的眉头，就像在海里游泳抬起头来看到的是无边无际的海水，绿在我的眼前铺展着，没有波浪，没有声音，没有一丝缝隙，让坐着的我感到世界的不真实。

我伸手去拔了一根麦苗，这才感到，这场庞大的绿是由一根根弱小的麦苗组成的，每根麦苗就是一点水，它们从高处流下来，积蓄在一起，然后越积越厚，能托起一切沉重的负荷。

我站起身来，麦子就在脚下了，一条条垄沟，把麦地分割成一块块的土地，有几个放学的孩子骑着自行车从麦地深处的田埂上驰过。

远处的村庄里迎面是几座低矮的房子，有一位妇女正在挥着锄头，大概是在播种。

一切又回到现实中，我要走了。

忧郁的小女孩

见到了小女孩之后，我所有关于忧郁的词汇，都要更改了。

女孩，站在我的面前，她的双眼就那么的望了我一下，我一下子就被她的目光覆盖了。

盛夏的季节里，她坐在阳光下，阳光落到她的身上，一下子就不见了，没有散发出一丝光芒。她的内心深处一定有着一个看不见的黑洞——忧郁。她的美丽不是用来盛放快乐的，而被忧郁侵占。

忧郁像一片乌云，栖息在她小小的年纪上，我想赶走，但找不到下手的地方。忧郁像寄生的藤，栖息在她幼稚的身上，吸收她清贫的营养。

小小的女孩，我不该看到你，

如果没有看到你，我不知道忧郁的模样，我会在阳光下行走，然后把每个女孩歌唱成心中天使的模样。

现在，让我鼓起勇气再望你一眼，你的眼神使我再也不敢叶公好龙地去谈忧郁了。

沙 尘 暴

这是树的亡灵哭泣的季节，满天飞扬的沙子，是它们悲痛的泪。

那些树连同它们的天堂。

那些茂盛的绿连同它们的歌唱。

都已消失得无影无踪了，然而，树的眼泪沉积在岁月的深处，风起的时候，掀起往昔的记忆，泪洒满天，泪洒满天……

这些黄色的眼泪，在高空中累积着，在土地上奔走。却被人们误解为不详的咒语，城里的人，在掩面仓皇奔走，一向明亮的视线，此刻只能用米来测量，高速公路关闭了，飞机停飞了。

没人知道那些树的天堂和绿色的歌唱。

沙尘暴，让我们在灯红酒绿之后成为大自然的被告，放下手中的凶器，让流浪花的绿重返家园。

沙尘暴，使我们醒悟，树的生命和我们的生命生死相依，每一个细小的沙尘里，都藏匿着森林被戮杀时的愤怒呼喊。

一 个 下 午

这个下午是一根绳子，拴在一根木桩上了。

身前身后的地都被踏遍了，一抬头，近在咫尺的风景却不能到达。

距离在一根绳子的长度上冻得冰凉。

只有安静下来，把身前身后的风景忘却，去想象脑子里的风景，这根绳子没有了，身处的空间开始辽阔。

粗糙的绳子，还有短短的树桩，它们的束缚改变了这个下午。

山脚下的黑暗越来越遥远。

一 束 棘 条

初春，我走近这块山坡，本来是想看看高大的乔木，没想到却被它们征服。

它们匍匐在地面上，柔软的枝条像一根根吸管，拼命吮吸着从森林的缝隙里遗漏下来的阳光。绿意在每根枝条上流淌着，又在一大片纷乱的枝条上积蓄成一泓盈盈的春水，我伸出手去想掬起一捧，但盈盈的春水又立即消失了，一根枝条伏在我的手上。

这些枝条生机的状态，使我疲惫的身心有了舒展。

它们身后的那些乔木还铁青着枝头。

在 山 顶 上

是不是所有的人，都和我一样，要寻觅着，站到这高高的山顶上向远处遥望？

是不是所有的山，它们一座比一座高耸，就是为了这一天，让一位青年攀登？

我站在这高高的山顶上，脚下的面积虽然很小，但我满足得像拥有了无限疆域的国王。

我向更远的远处遥望，我的胸膛忽然有了无限的空旷。

我站在这高高的山顶上，山顶的高度就是放逐我的草原。

风声在我的耳边吹起，

这是群山涌起的声音，

这是空间被压缩的声音。

风，猛烈的，在搬动着，但山顶上全是石头，它没有搬走任何东西。

我用耳朵认真地倾听着，想分辨出山顶的风与平地上的风，它们说着不同的声音。

山顶上的风，沿着每棵树的干，向上喊叫着，裹挟着我陌生的气息，瞬间飘逝。

山顶向阳的一面是我的笑容，背阴的一面是我的沧桑。

飘过山顶的云彩，又飘回来了。

满山的鸟，隐藏在树林中，鸣唱着古怪的歌谣。

山上的石头和山下的石头它们是被束缚的人。

失眠多日的山峰，终于有了一次沉睡，在今夜。

一 只 鸟

我还睡在温暖的被窝里，就听到这只鸟清脆的叫声。

起床后，这只鸟还在叫，它似乎离我很近，就像一只熟透了的果子，一伸手就可以摘下。我打开阳台上的窗户，想看看这只鸟的身影，但看到的是迎面工地上的忙碌，还有楼下摇着拨浪鼓的小贩。

我张望了好久，仍然没有看到这只鸟，但它还在叫。

它是一位布道者，细小的喉咙里装载着巨大的重量，正在清晨的时光里，向着四面八方激情地传扬。

我清了清嗓门，压在心底的声音，有了倾吐的欲望。

她

春天在雨水里，皮毛发亮，脂肪丰厚，身体愈加健壮凶猛。

春天这头疯狂的野兽，又在雨水里咆哮，它使每块田地都在颤抖。草、庄稼、小溪开始纷纷张望起不安的眼睛。

雨水还在下着，在天地间织起一片迷蒙。

还有她呢，她是谁？

我知道她也是一只小兽，钻到我的灵魂里，在拼命撕裂着我的心。

工　地

工地是一个大甲壳虫，它每天在我的窗前不远的地方鸣叫着，发出嘶哑的声音，它坚硬的壳正一点点地从菜地里拱出来。

它每天叫着，那些民工们忙忙碌碌地喂它水泥，喂它钢筋，它庞大的身躯，散发出刺鼻的铜臭。

我常常关紧我的窗户，但因为这个大虫子伏在我的窗前，安静再也没有来过。

残　雪

它们在阳光的背后，它们的姿势是坚强的。

从朝阳的一面是看不到的，从背阴处看，它们就在房子、沟坡、土块的背面，从远处看去，点点残雪连成一片，让我们再一次感受到那场已经远离我们的雪，曾经是多么的庞大。走到近前看，看到它们形态各异的姿态，像一个个耳朵，它们紧贴着土地，是在倾听什么遥远的声音。

残雪在屋顶上是薄薄的一层，它们会越来越薄的，直到薄成一双翅膀，有一天在阳光下悄悄飞去，屋顶还是青色的瓦，还是那样落满了风尘。

残雪最终是要离去的，但它们并不悲观，而是仍以坚强的信心，在广袤的原野上坚守。

它们弱小，但它们的白色里传承着天堂的基因。

每个夜晚醒来，它们身边都有一些伙伴消失，再也不回来了。

残雪在土地上与天空对视着，它们看到天空里的白在累积着，会在另一场庞大的雪里降落。

在水的深处

一滴雨落在水里。

它是一个天使，犯了原罪，上帝收去了它的翅膀。

一滴汗落在水里。

从秘境里起程，它的旅程艰辛而苦难，空空的行囊里，一点点盐分是它最珍贵的礼物。

一滴泪落在水里。

梦见与叙事

它的一闪与纯洁的目光一道，使阳光受伤。

一滴血落在水里。

它使水面迅速燃烧，生命起源于水啊，它的超越使一滴血的力量可以撬动一个水的海洋。

它们在水的深处相遇，各自的叙说，在水的家族里掀起了轩然大波，如何走出海洋去探索人生的旅程？思想着，把水惊醒，它们不再满足于做一个沉睡的海洋！

时光与杂感

时　光

　　我感谢这个下午的时光，它让我感到如此的幸福。

　　我感到时光是咖啡的味道，甜甜的，藏着淡淡的兴奋，这是从来没有过的。

　　我感到心情是宁静的，像春天油菜花地里的一块池塘，没有风，水面上倾倒着油菜花黄金的颜色。

　　时光是一个整体，我在里面轻轻地走动，生怕一不小心碰碎了什么。

　　我过去也拥有过这样的时光吗？我不记得了。

　　我总是忙碌，总是在匆匆中，把许多美好的时光囫囵吞枣一样吞进饥饿的肚子里，来不及回味。

　　现在，我坐下来，我的身体从里往外，在渗出一些东西，这是什么东西呢？

　　这个下午，我安静地坐下来，做自己喜欢做的事，读自己喜欢读的书，不再是一个劳碌的人了；这个下午，我捕住了时光，如在黑暗里捕住了一只小小的萤火虫，它的一丝微弱的亮光被我捧在手中。

北　窗

　　北窗可以打开了，

　　清爽的风吹进来，再没有了寒意。

　　打开的北窗，宽大的，与外面的世界少了一层玻璃的阻碍，世界似乎更加接近了，我把孩子喊来，和她一起把手臂从窗户中伸出去，孩子张望着眼

睛问我是什么意思，我说你摸到了什么？她说什么也没摸到，我说我摸到了
春天。

楼群还是去冬窗户关闭前的样子，但楼群上的许多窗户也打开了，从这
里望过去，黑洞洞的深处，偶尔可以看到屋子里活动的淡淡的人影。

狗的叫声，更加清晰，包括尾音里的一声呜咽。

夜晚，一架飞机从天空飞过，它闪着红色的灯、黄色的灯，像一首正在
演出的小夜曲。

打开，再找找身体里还有什么被关闭着。

应该要全部打开了。

窗户下，最小的一棵树，也打开了所有的枝头。

早　晨

我坐起来，还没有清醒的头脑里，被朦胧的光线破门而入，这微弱的光
线在我的脑子里慢慢长大，夜里的黑暗在一点点退去。

一天里最初的时光，就像一间空阔的新房，我应当首先把什么东西搬进
来呢？

我的周围是宁静的，空气里还有点湿润，昨夜下的小雨停了。

我张开的双手打捞昨夜的沉船，那是梦境触礁在一块岩石上，我从混浊
的水里打捞上来的第一件物品是一件器皿，它还是完整的，还可以看见我昨
夜梦境的朦胧。

偶　感

黄昏的小城里：

马路上，人流像长河里的逝水，

十字路口，长长的汽车停顿着，堆积着一片红色的尾灯，

公交车上，请给老人、小孩让座的电子声音，

街头，女孩子一闪而过的倩影，

都在我年轻的脉搏里拥挤，

紧迫的日子，是锅里吃剩下的一根面条，清瘦苍白的身子，卧在一层寡
淡的水里。

在 故 乡

这个早晨我从故乡醒来，空气是潮湿的。

临到春节了，偶尔有鞭炮的声音从莫名的地方传来，这个宁静的天空里，总是储存着过多的喜悦。

那些打工的人，在外工作的人，从遥远的地方赶回来了，原来空荡的村子里，人多起来，显得拥挤了，一出门就能碰到熟悉的人，打着招呼。

母亲的屋子里，堆满了粮食的袋子。昨夜，那只不断来偷吃挂在梁上猪肉的老猫，几次把我从梦中打扰醒来，现在它不再来了，彻底死了心。

故乡的夜晚

夜晚在泥泞里降落，那些连绵的雨水带来的泥泞，已使人厌恶，在这样的天气里出门，泥泞里长满了孤独，你从中走过，总是爬满了一身。泥泞已使天空下仿佛全是阴暗的了，已走不出这无边的雨水，但黑夜降临了，黑夜是黑色的，它本身就是一个黑洞，它可以吞噬一切，掩盖一切，黑夜降落在泥泞上，使土地得到了暂时的休息，可以用新的面孔来面对新的一天。

写 作

找不到一个词，就是找不到一个说话的人，

思想的门打不开，因为丢了开门的钥匙，

一个词对于一个热爱写作的人来说是重要的，它像一座古墓，挖得越深，越能挖出价值连城的东西。

但词语，常常阻碍着一个人的进入，尽管你对它很熟悉，但你们相对无语，说什么呢？

传 说

妇人坐在草屋下，那只美丽的鸟在不远处的树上鸣叫。

妇人的膝上坐着孩子，孩子陶俑一样悠久。

在很久很久以前……

路人，请你停下来，放下你的行囊，和我们坐在一起。

路人的身影沿着一条隐蔽的小路，偶尔呈现又倏地消失。

妇人坐在草屋下，她的面容是一块土地，因为干旱，而裂出一片龟纹，还有春天种下的种子没有生长，现在一片荒芜。

似乎有什么开始了，让我们侧耳倾听。

——我是那位路人，旅途上的风景我只能记住这位妇人。

树

有树的地方，就应该有隐藏。

一片片叶子，层层叠叠地覆盖着。

一片片林子，远远近近地抱成了浓黑的一团。

树是忠实的，它不会为一点蝇头小利而背叛当初的誓言，它们不会嫌贫爱富，奔走在灯红酒绿之间。因为隐藏的秘密，它们的树冠越来越茂盛，它们忘却了孤独。

与这些树为邻的那些人，他们的心渐渐空洞起来。

夜　半

是什么使我半夜醒来？

是窗外的灯光？

窗外是小城的步行街，此刻死一般沉寂，但对面高处橘黄色的灯光还是透过窗帘洒进屋内，映得屋内朦胧一片。我喜欢在黑色里睡去，黑色深深地包裹着时间，有着重金属的质地，可以信赖，但今晚，黑色像一只鸟被煤炭灯光惊飞了。

是文字吗？

每次醒来，我首先想到的是文章，正在写的，或将要写的，这些文字都在我的心里萌芽，纷扰得很，使我不得安宁。今晚我又想起了什么呢？我是一个羁人，身在异乡，不免有了许多惆怅。

是身下的冰凉。

使劲地裹紧被子，但还是不行，就坐起来看电视，直到倦意又上来。

一个老人在远处的房间里大声地咳嗽，一下一下地，黑色被撞击出了许多漏洞。

目 的 地

透明的秋天

旅途在旋转的车轮上退缩，锃亮的车轮干净得让人没有一丝欲望。

阴沉的天空下，菜畦上的绿叶、荒芜的坡地与地平线一起宁静着。

远方的城市，等待着一把钳子把它们从炉火中取出，然后放到砧子上去击打、淬火，打制成我心中一个人的模样。

秋天。一夜之间，道路两边的树林像青春的少年把头发染得金黄，一下子让人认不出来了。

它们开始崇拜金子，它们离落下和腐败也就不远了。

看池塘在天空下旋转，看树林在天空下旋转，看道路在天空下旋转，看野火在天空下旋转。

我凝眸的瞬间，它们是静止的。

看我的心在天空下旋转，看我的心在树林中旋转，看我的心在道路上旋转，看我的心在野火上旋转。

它们在凝眸的瞬间，我的心是静止的。

影子忘了岸上的树，它在水里嬉戏、沉醉，它不想回到岸上去，它认为岸上的泥泞会弄脏它的身子，它觉得水里最适合自己，直到有一天，岸上的树被伐去，水里再也没有了树的影子。

致 小 春

这是一个平静的夜晚，没有一丝痕迹，我在清爽的风中安静下来。

远方的灯光呈现出的颜色，把白天的盲目一一修补。围墙上的涂鸦，终于被遮掩得一干二净了，层层累积的清凉到达我的窗台，安抚我内心的情绪。

想不起来是往事，还是身在其中，小镇上的门牌号里，有一个是我的密码。

这个夜晚，我不想用笔去写它，它是我遥望的尽头。

眼睛里的洞窟与天空里的洞窟交合着，这个夜晚不提供给我想象。

它是一个民工的脊背，弯曲着，忍耐着，汗水从上面流下来，艰辛而承担着生活的重量。

看动物世界

小鹿在草地上从容地走着，如步行街上闲情逸致的少女。

小鹿的脚步踩在我的空间里，我伸出手去想抚摸它善良的脸庞。

我和非洲草原远隔千山万水，窗外，车水马龙，霓虹闪烁，友人的脸在博客里闪现着，笑容里不再有少女的羞涩。

小鹿低下头去，那里不是有一把青草，而是有一个缝隙，雨天里向下渗着水滴，美丽的天花板，洇出无数贫穷的痕迹。

小鹿啊小鹿，你还在迁徙的途中，干旱紧随在你的身后。

途中，一条大河挡住了你的去路，河里的鳄鱼游动着，摆动着巨大的尾巴。

我住在楼群里，大屏幕的液晶上，你单纯的眼睛和我欲望的眼睛对视着，这个下午的炎热切换成股市大跌后的寒冷。

老 歌

老歌里有什么呢？

一只手在我的耳朵里翻找，就像一个拾垃圾的人，用一个耙子在一堆破烂里翻，里面被翻了个底朝天，终于发现了那块闪亮的东西了，让人激动万分——虽然过了这么多年，但它还是明亮的。

老歌是地底下的一条管道，一打开，积水迅速从里面奔泻而去，堵了那么久，终于找到了通途。

唱歌的人老了，当年他们的青春，神采飞扬，是怎样的激动着我们。

我也老了，邻家的女孩也远嫁他乡儿女满堂了，但年少时我们一起在收音机前听歌的情景，被这抒情旋律投影到眼前。

现在，我平静地坐着。

门前田地里的秧苗是清爽的绿，天空是初夏的高远。

耳　朵

失聪的耳朵，在秋天的早晨凝结成一层白霜，铺展在草地上。

是白色的，有着轻轻的寒意。

为了追寻知音，耳朵在楼群的缝隙里穿梭，在锋利的刃上奔波，最终它像海豚迷失在混杂的声音里，冲向了海滩自杀。

它从一个人的脑袋上失落下来，在秋雨的土地上，凋谢成泥。

孩　子

夜色深厚，我听到一个孩子的哭泣。

周围都是沉寂的，如一块石头，然而，孩子的哭泣越来越尖锐。

他不停地挣扎，依呀，说着听不清的癔语。

孩子的哭泣像断线的珠子，在黑夜的地面上滚来滚去。

他幼稚的眼睛看见的是一条绿色的藤蔓怀揣着花蕾沿着竹架子在疯长，然而，这已是深秋，北方积聚的冷空气已越来越接近。架子的顶端，隐藏着一场阴谋。

他只有悲哀地哭泣。

妇　人

妇人弯着瘦小的身子，从深深的沟底向上爬着。

她穿着一件宽大的衣服，身后背着一个硕大的背篓，头上戴着一顶灰色的帽子，呈现着异乡陌生的风俗。

沟的上面是无边的田野，春天的手把所有的植物都拔高了一层，把所有的庄稼都灌满了欢快的情绪。

她要爬上去，越过这条干旱的土沟，不远处是她的家，一座低矮的房子，门前是两棵蓬勃的大树。

她的手抓住了一棵小树干，她的身子向上紧缩着像一只豆青虫，艰难地贴近了坡顶，然后，她缓慢地在地面上站起，瘦小的身子摇晃了一下，开始往前走去。

一条细小的路上，杂色的野花盛开着，覆盖住了路面。

她的身后，那条沟还横陈在土地上，淹没在时间的深处，她每天都要遭遇。

梦见与叙事

灯　光

雨，还在下着，细细的，像看不见的风。

窗户前的灯光一亮，外面的黑暗就退了一步。

灯光安静着，是一个吃饱了的羊羔。

手边的书，打开着，长时间没有落下一缕目光。

摇拨浪鼓的老人回来了，他年迈的身体里，储满了摇了一天的拨浪鼓的声音。他就着从窗前漏下的光，把那个破烂的平板车，使劲地往院子拉。

他从乡下来，租住在院子里一间低矮的瓦房里。

楼上的灯光把那片黑色的屋顶，映出一层朦胧的油彩。

淋了一天雨的时光，像一床浸了水的老棉被，沉重得提不起来。

冬　天

冷，从缝隙里来，向骨头里钻，有着刃一样的锋利。

最深处的体温，在努力抵御着。

冷，是金属的，有着亮光和硬度。

几个男人在窗底下议论着明天的活计，鼻腔重重的，声音在冷的空气中分散不开。

冷，在高耸的树梢上积聚，终于倒塌了下来，在地面上刺目。

天空的飞机也不见了。

太阳出来了，仍是冷的，行人躬着身子。

清晨，马路上的地漏冒着袅袅的热气，一个流浪的人，睡在它的旁边，像一团黑色的垃圾。

北 极 冰

我在夏天的炎热里，关心北极的浮冰。黑夜就在降临，我看到那块白色的东西离我越来越近，然后更加分明。——那些白色的东西，将要全部消失，呈现出一片深色的海洋，我为此担忧着。我们的地球太需要白色了（不是塑料袋和泡沫塑料到处漂浮的白色），这种白色是从水里提炼出来的，已越来越少——就像我们贫穷的人从提款机里提钱。北极冰的消失，将使航道变得更加宽广，但在我们的地球上，有的时候，也需要被阻隔。在一块被阻隔的冰上，看白色茫茫地遮盖着我们的视线，看北极熊在冰上移动着白色的身体……我不希望在北极冰消失的地方，看到的是来来往往的船只，那是一棵棵巨木倒下了，被腐朽后，生长出的白色的菌子，我不希望看到这样。北极冰史无前例消融的各项条件已经成熟，如果是这样，我愿北极的冰，隐藏在我的身体里，我的身体里有一个遥远的点，我不会让白色在那里消失。

梦见与叙事

一夜梦境纷乱。

——梦见云翠，她穿着白色的上衣，金黄色的裤子，扎着两根小辫子，青春光彩，我和一群同学坐在亭子里玩耍，我一招呼，云翠就过来了，一位小美女，却这么听话，大家都忌妒地看着我，我告诉他们，她是我的小表妹，我们一起长大的。

（如今，云翠已是头发花白的村妇，她在城里的一家护理院里打工，护理几位老人。）

——梦见我和同事们去西藏，在密密林子里的一块空地上，花团锦簇，山峦起伏，一个藏族人穿着宽大的藏袍，拉着一头牦牛，我兴奋地拿着相机要给他拍照，可转眼我们一起来的人都不见了，就剩下我一个。我一个人在这儿可能活不了的，我要找到他们，可我找不到。这时，我看到马路上，一个女子坐在车子里，趴在车窗上，我就朝她噢噢地大声吆喊着，终于等到人来了。

车上的人对我说，走吧，去四川。

我说再等等，把他们丢了怎么办？他们会死的。我在担心那些同事。

车上的人说，不要管那么多了，他们早就把你丢下了。

（去西藏一直是我的梦想，可我至今还没有去过，这是寓言吗?）

——梦见周杰伦和一群女人在跳舞，周杰伦在前面扭着身子，一队女人跟在他的后面影子一样扭动，女人们苗条性感，后来，人家介绍说，那是他的妈妈，就她一个人在跳，然后用电脑合成的，像一队的女人在跳，我感到受骗了。

（我对这个歌星从来不感兴趣，我只知道他的"三截棍"，其他一概不知。）

——第二天早晨，我用铅笔潦草地把昨夜的梦境记在宾馆的一张信笺上，后来就忘了。

（今天，在地上拾到，一看，是我记下的梦境，它们又复活了。）

致 妻 子

雨水的冷清里，你是温暖的，我抬起头来，贴着你的旅途，听车轮滚动的声音，如手指敲击出钢琴的旋律。

家里的空旷，是长了一层苔藓的台阶，寂静在守候的时光里，成为你的芳唇，在呼吸。

窗前的黑，深厚起来，光滑的平面上，我的眸子里印着你的一双眼睛。

佛在日子里护佑着我们，我们的幸福，在纯净的棉布上映照着生命的倒影。

雄 鸡

雄鸡在故乡泥泞的土地上此伏彼起地鸣叫。

它们的声音穿破浓厚的夜色，在天边划出一丝锃亮，这种光亮越来越大，直到照亮了路途上赶早者的眼睛。

雄鸡的声音，穿过一个游子的耳朵，他在倾听着，在雄鸡悠扬的声音里，他感到故乡土地上的泥泞正在凝聚成一团坚韧。

雄鸡在鸣叫着，这是黎明，是雄鸡的位置所在，没有什么金钱可以代替！

雄鸡的眼睛在黑夜里看到了猫叫春的身影，土拨鼠鬼鬼祟祟的身影，和阴雨将要来临时，黑云悄无声息移动的身影。

雄鸡纷纷的站立起来，用自己的喉咙鸣叫！

黑夜退去之后，在村庄与村庄之间空荡的距离中，在房屋与房屋之间狭窄的空隙处，庞大的春风在鼓荡着。

秋　天

秋天的原野，在金色的阳光下奋力奔跑。

它赤裸着古铜色的肌肤，挣脱了所有的桎梏。

前面，熟悉的面孔闪过去了，后面，陌生的面孔拥过来。

它的身上，带着焚烧的疤痕和袅袅的青烟，它的眼睛里，有着经历巨大痛苦后的喜悦。

一条小河就是它的脉搏，连绵的群山就是它鼓起的肌肉。

它奔跑的脚步踏在这秋后的盛典里，边缘被它一次次抛在身后。

一闪而过的村庄，

低飞的鸟儿，

静止的小树林……

它们是一束束鲜艳的花朵，被无数双手高高地挥舞着，为它加油，欢呼。

它要奔跑，它停止不下来，在这火车的铿锵声里。

梦见与叙事

第四辑
写作的那些事

梦见与叙事

持久地盯着一个词：思想

当我打开这个词——思想的时候，我的身体里就有一种涌动感，我想抓紧它，让它跟随我进入一篇文章，然而，我又是如此的两手空空。思想，它是潜伏的，它的身上有着迷彩一样的颜色。

这是一个故事的时代，生活越来越多地提供了故事的资源，而提供给平静思想的资源却越来越少，故事资源的公共性，又使得许多作品雷同，缺少诞生宏大作品的个体体验，譬如前一段时间，几个作家都围绕着一个新闻事件创作小说，改编电影，这样的作品今后还会越来越多。而文学创作是个体性的行为，不是公共性的行为，如何保持自己的鲜明个性，把自己从公共性里甄别出来，我想，这就是思想。

思想是从空间里分出来的，而空间的市场化，文学的边缘化，使得思想在空间里越来越稀薄。我们需要思想，这不是故作哲人状，而是要在有限的资源里，对我们的生活进行梳理。我最初的阅读是从鲁迅开始的，鲁迅给我最大的营养就是思想。随着阅读的拓展，影响我的还有卡夫卡、琼·佩思、帕思、米沃什等。

思想者的身影都是独立的，我崇敬那些独立者的身影，即使是一棵老树独立于旷野中也是如此，它们在寥廓的空间里虽然是那么渺小孤单，但它们却是独立的，保持了精神的高贵，使平庸的空间有了深刻的内涵。

洛札诺夫认为，文学的本质并非在于虚构，而在于内心倾诉的需求。我在写作中，一次次努力追求现实生活中的超现实意义，保持对现实生活的观察和思考，虽然有些时候略显稚嫩，略显"堂吉诃德"，但我努力记录下一些声音，倾听并挖掘，使真实的声音内存于我灵魂的波动之中。

当然，也有人反对在作品里融入过多的思想。纳博科夫说过，我的作品里，不含有对社会的评价，不公然提出什么思想含义。但是，专家在评价他的小说时说，纳博科夫小说里人物所经历的一切，都是人们熟悉并乐于关注的生活，普通的、崇高的、丑陋的都随着人物的活动在发生。其实，这就是纳博科夫的思想。

思想对一位作家为何如此重要？因为无数事实证明，文学作品的第一要素是文学性，经过一般训练，很容易得达。在艺术达到一定高度的时候，思想内涵，是区别作家和作品大小的重要尺度，甚至是衡量一位作者创作后劲的决定性因素。一个思想贫乏的人，仅凭技巧和生活经历写作，我觉得他会重复自己，不会长久的。

作为一个写作者，我不能不迷恋思想这个词语，我努力地描写生活中呈现出来的细节，让它承载我的思想。对现实生活的感受比想象更丰富，它们真实而自然地反映了我思想/感情的原始状态。

这些年来，我按照思想的轨迹平静地写作，并不急躁；思想能使一颗心在浮躁中宁静下来，所以，许多作家能够数十年如一日地专注地创作一部作品，而不被世间迷惑，最后取得成功。在时光的链条中，有许多锈迹发生，能够擦拭的唯有思想这块纱布。

最近，我在给某出版社创作一部革命题材的长篇小说，战争年代的人和事，对于我是陌生的，但陌生又给我提供了很大的自由空间。我找来各种资料阅读，走访经历过那个年代的人们。渐渐地，那个年代的情景在我的脑子复活，我要写的人物也立体起来。我将在此基础上，描写人物的命运，努力表达人性的温暖和思想的亮度，让这部书在曲折的故事之外，留下一些思想的痕迹。

思想着，使我在写作上收获了许多硕果，我的作品不断在外获奖，不断被各种权威性选本选载出版，如中篇小说《我走了》被《小说精品》选入出版，散文《采桑子》被中等职业学校文化课教学用书语文第三册选入，散文《帷幕》被 2010 年《文学中国》选入等，一些杂志把我作为封面人物进行介绍。思想着，也使我在编辑工作上取得了许多成绩，我编辑的作品，不断被选载或出版。近几年来，所编的小说先后多次获全国性的大奖，我也多次被评为优秀责任编辑。去年，在北京的一次颁奖发言上，我的发言是《思想性是编辑在选编作品时的度量衡》，受到一些作家和编辑的称赞。我主编的《中国当代散文诗》，因其思想的个性和独特的风格，五年来自成一家，在散文诗界影响广泛，该书多次被学者评论，所发文章多次被转载并引起反响。

在这里，我想用过去写的一篇随笔结束这篇创作谈——

我的窗外，一片叶子沐浴着深夜的灯光，它的诗意与安详像一片文字栖息在我的稿纸上，我怕一点微小的动作，会惊扰它的梦境。

　　窗里窗外，我和叶子思想着。

　　我的头顶，升起一片天空，它的沉思与高远像一双睿智的眼睛永恒着，我在土地上劳作，一朵怒放的鲜花就是一只对话的耳朵。

　　高处低处，我和天空思想着。

　　我的河流，发源于圣贤者的心灵，它的醇厚与僭越像驰荡的风穿越着时空，拒绝着石和土的阻拦，我每天都要去河边坐坐，河没有说话，我没有说话。

　　河内河外，我和流水思想着。

　　思想着，会惊起一摊石头如鸥鸟。思想着，会使奔驰的骏马瞬间直立。一只苍白的手，会被思想灼伤。

考 试 卷 子

　　偶尔发现我的散文《倾听火车》被收在《高三语文质量检测题》里，作为一道题目给学生考试了，这让我意外和惊喜。

　　这篇散文写过已好多年了，写好后，觉得不错，然后，发表在 2007 年第 8 期《散文百家》上，后来又被收入《2007 年中国精美短文 100 篇》和被 2008 年第 3 期《散文选刊》选载，因为有许多东西要写，很快就把这篇散文忘了。现在，我重新翻出来看了一下，又感到喜欢起来。我善于写这类哲思性诗意性的文字，这几年也写了不少，被各种集子收入出版的都有，有三篇还被收到了中专语文教材里。这篇散文写的是一个星期天的下午，我去郊区看火车的经过，事情是真实的；有一年的冬天，在白雪皑皑中，我也去看过火车。过去有过散文要不要真实的讨论，我还是提倡散文要真实的。

　　我不知道出卷子的人是从哪里看到这篇文章的，他肯定是喜欢的琢磨过的，他觉得从这篇文章里能检验出高三学生的语文知识的，所以就编进卷子里了。老师一共出了四个问题，分别是，"文中描写的火车声音有什么特点？作者倾听火车的用意是什么？解释下列两句话在文中的含意：乡下的寂静与空旷，与我青春迷茫的目光和骚动的心灵形成巨大的冲撞。锃亮的钢铁与黄色的泥土形成了强烈的对比，铁轨是泥土埋没不了的，泥土也是铁轨不能超越的。文章第九段运用了哪些表现手法来描写火车的声音？这样写有什么好处？文章最后一部分写到了'幻境'，这对表现文章的主旨有什么作用？请简要分析。"这四道题答对了是 22 分，算是一个分数重的考题了。这四个问题，我写作的时候没有想过，但出的确实有水平，是文章中最精彩的部分，也代表了我的写作风格。现在让我做，我能把心中的意思表达出来，但符不符合老师的标准答案，心里还是没有底。

　　我也是学生出身，对考试是心有余悸的，记得参加工作好多年了，我还

梦见与叙事

常常做梦鏖战在考场上。那时，我感到考试卷子里的文章是神圣的，高深的。现在，我的文章终于也成了学生们的考题。我不知道，考生们是如何认为的。我开始百度，其中我看到一个学生在博客里，把我的这篇散文贴了上去，留言说"我们前几个星期的语文考试卷里有一篇关于火车的文章不错"等，让我感到欣慰。

　　我不知道，有多少学生考过我的这篇文章，多年后，他们能记得我的名字吗？这是多余的想法了。但因为这篇文章，一个女孩子教会了我读"倾"。过去，我一直把"倾"是读作"群"的，那个女孩子说，应当读"轻"，我和她抬扛，翻开字典，还是我错了，她说，她的母亲是一位小学教师，小时候要是读错了字，妈妈的小棍就会打下来的，所以拼音学的最好。这让我汗颜。

第四辑　写作的那些事

湖水里的眼睛

这些天来，我在为小说中的一位人物劳神。正好，武昌湖邀请我们一行作家去采风，就愉快地成行了。

车子是直达望江县城的，路过武昌湖的时候，我就被湖里汪洋的水面所吸引了。我觉得我小说中的人物就应当生活在这块地方。这儿很净，离尘世很远。她日日摇动着佼小的身子，来到这水边洗菜洗衣汲水，也许有一次青春的心思被触动了，站在岸边痴呆良久。

车子很快就从湖中间的大堤上驰过，车窗外又是一片广袤的农田，秋后的庄稼地里，到处都是浓酽的紫黑色，仿佛用手拂拭，尽是坚硬的质地。

第二天，主人安排我们去武昌湖。湖叫武昌湖，其实这儿离著名的城市武昌还遥远哩。船在水面上切割出一条浅浅的沟壑，这就是水面上的路了。水是汪汪的，有着温柔的蓝色，我禁不住地把手放到水里去，水从手上滑过，清爽的，脆脆的，水把亲密的感觉传导到我的心里，我的心就和这湖相通了。

船在湖水里疾驰，水面太阔大了，看不到来处，看不到去处。远处的水面上，泛着粼粼的波纹，太阳照在上面，闪着碎碎的金光，让人心驰神往。我又想起了小说的某个人物来。她是翠翠吗？不是，翠翠是生活在边城的，边城在沈从文的笔下是在湘西的丛山里，而武昌湖就在江边的平原上。她应当是我笔下的女子，常说流水是无情物，多情的她却以水为缘，邂逅了一段爱情。

船到了对岸，上到岸上，是一个小村落。走进去，村子寂静，房屋杂乱，许多房子都已破旧，院子里长满了深深的蒿草，一条小路像细肠一样在村子里蜿蜒。小路的两边偶尔有几棵老树，虬枝乱舞，树枝上还挂着几只浑圆的南瓜和干枯了的细长的丝瓜。这时，看到一位年轻的女子，颀长的身材，两只大眼睛水灵灵的，头发可能刚洗过，黑黝黝地披在肩上，随着她的出现，空气中飘着沁人的洗发水馨香。我心里一动了，禁不住就上去搭讪。她说，村子里的年轻人都出去打工了，只有一些老人在家，一到春节他们就都回来了，村子里就热闹了。我问，那你在家不寂寞吗？她说，不寂寞，家里比城里好。女子站在我的对面轻轻地说着，她的身后是一面红色的砖墙，有着陈旧的痕迹，她说话的尾音里有着好听的黄梅韵味。我真想对她说，跟我去城里吧，城市也许有你的梦想。一条黑狗跑过来，静静地站在她的脚边，她的美丽在寂寞中，让人感到一丝丝忧郁。

一行人回到船上，船又在湖面上疾驰起来。我转回头去，看到那个村子越来越远了，只剩下一抹淡淡的影子，最后，就浓缩得与岸齐平了。

湖面上的水，仍然是汪洋的，船停下时，湖水是平静的。平静的水下有一缕缕水草在轻轻晃动，像天空下的炊烟飘散着。凝视得久了，仿佛我在一个人的眸子里，这是谁的一双眼睛？想起一首古诗："河汉清且浅，相去复几许？盈盈一水间，脉脉不得语。"

晚上，回到宾馆住下，我小说里的人物便渐渐地清晰了，她就是茹芸。

体温书房

1

昨晚早早地就睡了。今晨醒来，是凌晨 4 点多，听到楼下大狗小狗的狂吠，再没了睡意，妻子还在熟睡中，我悄悄起床，洗漱后，就坐到书桌前来。

天气刚露出熹微的光，覆盖着楼群，就像一位油漆匠在漆一件家具，第一遍是打底，接着再漆第二遍，干了之后，再漆第三遍，一遍遍漆下来，便现出明亮的色彩来了。

打开桌子上的灯，灯光一亮，窗外的一切便看不见了。像被魔术师的手隐去了，只看到灯光下一小片天地来。是昨晚打开的书、报、稿子，凌乱地堆了一桌，它们都在这狂等着我来哩。

不远处，有火车的轰鸣声滚过，隆隆的，那是旅人的快客吗？

有干不完的活，催你半夜起来，这是劳动者的辛劳。小的时候，经常从睡梦中醒来，看见母亲在昏黄的油灯光下干活，窸窸窣窣的，或早晨一起床，父亲早已下地去了，昨晚还是空荡荡的场地，已被父亲担满了一担担稻把，这时，心头便油然一动，觉得被窝里的温暖与父母的劳动是唇齿相连的。

天渐渐地亮了，我把灯关了，屋里屋外都溶在一片明朗的光线中，不远处有群鸟在唧唧喳喳地叫着，小贩的叫卖声响过来了。

2

这两天是双休，我做了什么？

我什么也没做。时间就这样过去了，但我也没下楼去，这说明我是在这个房间里，这个房间消耗掉了我两天的时光。

梦见与叙事

时光是非洲大草原上茂盛的草，羊群来吃，河马来吃，大象来吃。草喂养了这些食草动物，但那些食肉动物又紧随而来。

每个双休，一方面全身放松，一方面是计划着要做很多事，仿佛要给时光这个宠物套上牢牢的笼头，但一松手，它已跑得无影无踪。

夜幕降下来了，青蛙开始此起彼伏地鸣叫起来，它们在夜幕里交媾，联欢，歌唱。

而我的梦也开始沿着楼梯往上爬了，我不知道今天它们携带了什么礼物，然后悄悄地放在我的枕头上。

第二天的黎明是新的，又是一周的忙碌。

3

今天看完了池莉的小说《有了快感你就喊》。

池莉这几年创作活跃，似乎每篇作品出来都引起关注，都能获奖。她的这篇作品还没有发出来时，报纸就在介绍了，说有了快感你就喊，是越战时期美国大兵印在火柴盒上的，一方面是在解释，一方面是在引诱。因为这句话乍一听总是让人觉得暧昧，待人民文学出版社一出版，小说月报紧接着选载，单行本已铺天盖地了，盗版也随之而来。

作为一个编辑，社会关注的作品，总要在第一时间得到了解，这样才能掌握文学动态，不至于闭目塞听。

小说写一个叫卞容大的人，在这个社会所经历的一切，也就是人生吧。卞容大结婚生子，单位解散，有点情欲等，小说没有一点黄色的东西，但肯定会使有的人误解。

池莉的小说是驾驭故事能力，她的语言没有毕飞宇的好，她的故事适宜一口气读完。她的叙事是线性的，语言顺汤顺水地流下去，不能像山里的小溪，偶尔跌落到一个小水潭里，再回旋一下，映照着蓝天、飞鸟、落红，然后，再一路潺潺地流去。

池莉是个写作的快手，因此，她的小说是写手的小说，而不是"名家"的小说。

4

下午，读完毕飞宇的小说《玉秀》。

我一合上书页，就似乎听到了玉秀的哭泣，就浮现出玉秀哀怨的眼神，我还是要展开来，在这里写点文字。

玉秀这个女孩子，在文字的敲敲打打中走出来了，她是一个青春期的女孩子，对外面的世界是那么的向往，她在心里一遍遍谋划着脱身那个小集镇，出人头地，她是那么的美丽，但这美丽自小就给她带来了灾难。在一个夜晚看电影时，被七八个男人强奸了。从此，一种阴影就压在她的心里。她被别人看不起，被嫡亲的妹妹看不起，当她有点顺畅的时候，每当她有点张扬的时候，阴影就袭上来了，一块石头一样的压迫着她，她就在这种心理下，一下一下地施展着自己，摆脱自己。她在姐姐家里生活，为了能立住脚，给姐夫的前女儿当丫环一样使唤，给姐姐当保姆。她死乞白赖地生活着，她身上的那点"狐狸精"味道，正是一个女人的青春风采和魅力，然而，当她被姐夫前妻的儿子睡了怀孕后，那个男人却一走了之。留下她怀着的身子。一方面是怜爱怀里的生命，一方面是糟蹋自己的生命。她多次要去寻死，但母性又让她舍不得肚里的孩子，直到最后，她活了下来，在医院里做了流产手术，她忍住悲痛，一再要看看孩子，但姐姐玉米终没让她看到，反而骂了句："脸都让你丢完了。"

玉秀始终是一个悲剧人物，她活在一大堆人中，却没有一个人帮助她，她被男人们强奸后，应该得到的是怜爱，却没有得到，这是人世对她的最大伤害。然而，小妹却以此为把柄，给她起了一个外号，在与别人的争强好胜中，也被别人编成了歌谣唱。在姐姐那儿生活，没得到一点点温暖，却经常遭到白眼，去医院生产的路上，却被姐姐扇了一个耳光，直到嘴角流血，她就在这样的世态炎凉中，一点点地寻觅自己，展示自己，记得有一句话说，在这男权的社会里，最终受到伤害的还是女人。

小说的语言很好，通篇都用白描的手法，不冷不热，细节多在心理活动中展开，这是一个讨巧的方法，心理活动可以天马行空的，而如果全靠情节开展，那是很累人的。语言有许多诗意。"玉秀虽说是一个乡下的姑娘，心其实大得很，有点野，对外面的世界有一种近乎神话般的幻想，是那种不甘久居乡野的张狂。而瞳孔里都是憧憬，漆黑漆黑的，茸茸的，像夜鸟的翅膀和羽毛。只是没有脚，不知道栖息在哪儿。"毕飞宇语言精练老成，没有其他作家语言的那种线的叙述的特点。

《玉秀》是毕飞宇长篇小说中的一部分，它与《玉米》《青衣》组成长篇小说《玉米》，这又使我想起过去议论的作者把许多短篇拢成一个长篇的说法。评论家在评论这部作品时说，在这本名为《玉米》的书中，我们看到的首先是令人难忘的人，姐姐玉米是宽阔的，她属于白天，她的体内有浩浩荡荡的长风，而玉秀和玉秧属于夜晚，秘密的，暧昧的，夹杂着恐惧和狂喜的夜晚……这样给书中的人物定位，太诗意化了。

同时，我还找到了《小说选刊》选这篇小说时，毕飞宇写的创作谈，不长，"在《玉米》里，我着力描绘了玉米的宽度，到了《玉秀》，我更感兴趣的是玉秀的纵深。"这几个人物是作者的女性系列，毕飞宇引用了不知谁的一句话："要想对一个东西有意思，只需长久地望着它。"

是的，让我也一样久久地望着它，然而，我看不到玉秀的身影，我的窗外是一片辽远的空阔，夜色正在浸染上来，这里玉秀的眸子里的一点漆黑吗？

这篇小说大约有 6 万多字，我却断断续续地用了几个下午，其实作为编辑，应当能一口气读完的，阅读的速度是作为编辑的基本功，但读到好的作品，就不知不觉地慢下来了。

这许多天来，我似乎坐下来阅读的少了，阅读作为一个编辑是一门功课，阅读可以训练自己，也提高自己，而我堆了太多的书，却没有时间抽身阅读，就像一个商人，明知那批货一上市就赚钱，却迟迟没去做。

5

冬天，最适宜的是坐在被窝里读书。晚上早早地上床，依在床头，用被子焐着，把落地灯的灯光打到书上，待书读完了，被窝也焐热了，十分的清闲。早晨醒来，也不用起床，被窝里热热的，外面冷冷的，半卧着，手里捧着书，看下去，忘了时间，忘了俗事，书里的故事在暖的身体里更增加了一份热量，特别是那温馨的文字，往往能把人的思绪带到很远的地方，据说有人还把冬天应该读什么书，做了分类，可见冬天读书是一门修养的。

有时候，读着读着瞌睡来了，眼皮睁不动了，就把书放到枕边，躺下去继续睡，一觉醒来，肯定已过了很长的时间，但一点也不可惜，继续坐着读书。

这种坐着读书，是要有一定的悠闲的，一是衣食无忧，否则，你读着读着就愁起中午的饭来，还怎么读下去。还要有悠闲的时间，要不大人喊你，小孩哭了，圈里的猪噢噢叫要你去喂，这个时候，哪还有心情读下去呢？

坐在被窝里读书，有时读着读着，思绪跑远了，忘了外面的寒冷和掖被子，待回过神来，被窝已凉了。然后，只有用自己的体温再一点点把被窝焐热。这种体温来自自己的身上，有着一寸温暖一寸金的珍贵。

6

早晨，我打开窗户，满眼的阳光像一片海水，宽阔汪洋，空间是静谧的，连鸽子从窗前飞过时翅膀拍打的声音都能清晰听见。我坐下来，我看到楼群此时都由钢筋水泥变成了柔软的生命动物，它们趴在滩涂上享受阳光，有些人家的门扉上，新春的春联还没有褪去颜色，女孩子刚洗出的衣服挂在绳子上在微风中轻扬，晴朗将使我的体内变为一个巨大的蜂巢，那些文字像蜜蜂一样飞进飞出，它们的忙碌使甜蜜在我的心里慢慢累积起来。

7

看完陈忠实的《原下集》，这是一本散文集，买了好几年了，但一直没有看，前年的时候，与陈忠实一起采风还装去了，让他签了名，现在，用了三四个小时的时间把200多页的书读完。

这本书分五个小辑，我喜欢前面的《日子》和《为了十九岁的崇拜》两个小辑。《日子》里是三个短篇小说，其中首篇《日子》写得不错，小说情节简单，就是记述在河沟里捞沙的夫妻，但细节生动。有人说过"短篇小说写细节，中篇小说写情节，长篇小说写命运"，可见短篇小说中细节的重要性。两个人物被生动地刻画了出来，特别是最后节，那个男子不见了，原来是他女儿没有考好，小说最后一句，"大不了给女子在这沙滩上再撑一架罗网喀"。使前面快乐的生活一下子沉重起来，令人揪心，使平面的情节陡的起了波澜。《作家和他的弟弟》是写人物的，是一个无赖而狡黠的农民形象，入木三分。《一个虚脱症患者的发言片断》通过对比写出生活的荒诞和戏剧。从这三篇短篇小说，可见陈忠实写短篇小说的功夫，虽然是一位老人，但手法一点不旧。

《为了十九岁的崇拜》主要是写自己对文学的追求，其中较多的是记录写作《白鹿原》经过，和自己追求文学的历程。这是这本书最主要的内容，也是我了解一位著名作家心迹的地方。其中写他最初去编辑部里拜访时，对编辑部的印象："然而这里弥漫着崇高到几近神圣的文学气氛，终年充溢在各个堆满稿件和墨水的编辑部里。这里的人关注着本省青年作家的发展，似乎是一种职业习惯，是一种本能，而又完全是无私的。只有文学这个话题才能达到共同的兴奋点的共鸣。进入这个院庭便进入了文学的圣殿，像佛教或道教信徒进入了寺庙台观，充溢耳孔和鼻孔的全是诵经布道的谐和之音和香烛焚烧的幽微之气了。这种气氛是文学发展最相宜的气氛，是任何物质的优劣难以替代的。""如果文学团体里不说文学，那说什么呢？如果作家协会里没有了文学气氛，那么还有什么呢？"这些话当然是现在陈忠实对编辑部的评价，也是第一次看到一个作家对编辑部的评价，我现在就在编辑部里工作，通过陈忠实的话，我对自己的工作有了定位。

我喜欢这一段文字。

8

上午的阳光很好，我看到阳光金黄的从门外照到我的书房里，我的心里就涌起一股欣喜，就想去歌颂它。在寒冷的冬季里，它使我们感到温暖，而又是不需要付出任何费用的，这是最大的公益。它的光芒照亮了我们心底里最小的角落，使我心地明亮而没有一丝阴影。我的身体里有一个体温表，随着阳光的温度而升高。

我想在阳光中坐下来，让身体被阳光覆盖着，就像鱼儿潜在水里，自由舒畅地游动。

9

一回到桌子前坐下来，就感到有做不完的事，它们像非洲原始草原上的蚂蚁，沿着我裸露的腿，直往上爬，直到爬得满身，要把我噬成一堆白骨。

桌子是我的田地，我的一生注定要在这上面"汗滴禾下土"了？

母鸡在窗下鸣叫，它是下蛋了吗？它一边叫一边踱着步子，它在楼群里像一团滚动的绒球，黄褐色的羽毛，披着秋天的阳光，我已不能忍受它的喧哗，我真想掐住它的脖子，让它宁静下来，或去它的窝里，把它下的蛋砸碎，寻找到我的心情。

它的嗓子里是断了的绳子，攀登的人在悬崖上，身子紧贴着岩石，等待不来挽救的人。

从小，父母送我上学，到我长大头悬梁锥刺股的苦读，为的就是脱离那块土地，能到一张桌子前劳动。

我的一生是注定逃离不了一张书桌了。桌子是平整而光滑的，时间的河流在上面流逝，那些波浪都爬到我的额头上了，波浪上漂浮着几片树叶，那是我偶尔的思想。

桌子是后现代主义的土地，它伏在窗口下，把我整个的生活进行解构。

有的时候，我不需要这张桌子，我需要在思想里存放另一张桌子，这张桌子安静而平稳，永远没有劳碌的身影。

10

最近我被深度这个词迷惑起来。

我常常用自己的肉眼朝里看，我什么也看不见，只看见它外表的浑然，但我又没办法打开它，看到它内部的结构。

我常常把它放在耳朵前倾听，但我什么也没听见，它的沉默打破了我的宁静。

我常常把它放在胸前，想让它与我的心脏一起跳动，但它不是一只鸡蛋可以孵出新的生命。

我没办法对这个词进行更有意义的发挥，它是一条旅途，让我不能到达，但又不能放弃，

这个词是天外的陨石，它的出现，改变了我们对生命的认识，

我深深地被折磨着，

深度在哪里，又是如何把握呢？

我的头脑在一次次追问中，变得破裂，它隐藏的地方，就是这个词诞生的地方。我对此毫无知觉，只能喃喃自语，让我获得深度。

梦见与叙事

文字是黑色的

　　这几天合肥在下着雪，地面上、屋顶上、树杈上一片银白，世间仿佛是在一个老银匠的手下敲打出来的，高贵，典雅。夜晚的灯光也是宁静的，紧密的一团，没有了膨胀。吃过晚饭，我收拾了一下，便在书房里坐下来。我喜欢在冬天里读书，在春天里写作，冬天是宁静的，环境适合读书，春天是洋溢的，环境适合想象。

　　文字是黑色的，它们在眼前最初是一点，接着是一大片、铺天盖地而来，像地平线上一点点升起的夜色，会迅速地遮蔽我们，然后，呈现出另一个世界来——灯光，每个灯光都粘着我们的各自的姿态：思想、彼岸与尊严——这就是文字的魅力。

　　文字是在阅读中产生意义的，就像粮食要在饥饿中才有意义一样，如果失去了阅读，那么文字也就失去了意义，我们当下的写作也就值得了怀疑。

　　从最初的认字，到后来的阅读和写作，我的双腿跟随着眼睛行走，可能会迷失在一片沼泽，也可能会到达一处圣地。尼采说："人类把许多人变成一部机器，又把每个人变成达到某个目的的工具。"文字使我的空间日益打开，变得广阔起来，在这些私密的状态里，作为个体的我常常达到一种巅峰的想象，也具备了快乐的意义。

　　每次我在电脑前坐下来，都是在经历一场穿越。没有道路的空旷，呈现出来的是自由和危险。但这个时间、空间和地理上的结构，可以满足我全部的心灵、物质和精神的需要，因此，我不会退却。

　　我的写作越趋于成熟，我的文字越追求朴素。我不喜欢把作品往热闹处写，而喜欢把作品往宁静处写，宁静的地方，空间才会开阔，思想才会自由。

　　在写作的过程中，我会片刻地停止下来，来自自身的警觉，会促使自己识别一下前方出现的路标——下一个出口的距离。

写作的目的，就是为了进入人物的内心世界，这种进入的唯一通道就是首先进入自己的内心，或者说是用文字挖掘自己，解剖自己，这样，人物才会具有生命力，作品才不是流水线上的产品。

　　现在，写作对于我来说，已是生命的一部分，我会把自己最好的精力用在写作上，——这些小蚂蚁一样黑色的东西，它们成群结队，它们的身上凝结着微弱的光芒，搬运着比自己身体重十倍重量的物体。

　　我曾在工地上看到一位拾荒者，他用一个金属探测仪在挖出来的垃圾上不停地扫着，探测仪一碰到金属就会发出叫声，拾荒者就会弯下腰来，把那块金属找到，捡起来，我想写作就是我们手中的那个金属探测仪，就是用来在生活中寻找的——寻找那些被垃圾掩盖的金属。

梦见与叙事

要 唤 醒

要唤醒——

冬眠的梦境要唤醒，

沉睡的思想要唤醒。

在醒来的眼睛里，我看到的是日程紧迫。

一切都在向前流逝，没有时间等候。

要唤醒——

我睡得越久，失去的越多，连最细小的一根麦芒也会失去，我脑子里的矿藏，被沉埋了太久，最深处的水，在暗地里流动。

要唤醒——

轻轻的一个声音，我等待了很久，我要感谢每一个把我从睡梦中唤醒的人。

春天的鸟鸣还停在枝头，绿了的叶子，遮住了天空，野草长长的身子在风中颤动。

我的双臂积攒着力量，在这个阴凉的下午，把文字从这头搬到那头，直到满纸上黑压压的一片。

秋　风

这是秋风了吗？

风吹在身上没有了燥热，中午在地板上铺了凉席睡，十分的舒适。

天气凉起来了，我又可以坐到北窗前看书写字了。一个夏天，因为炎热我很少坐到北窗前。北窗前是一个写字台，上面堆满了书和要看的稿子，这是家里我唯一安居的地方。

远处还有声音在响，听起来，就有了秋天的意境，这里面不再有火，而是有了沉静，像悬挂在枝头的果子，沉甸甸着，有了要被采摘的感觉。

阳光照在墙壁上，少了金黄色，不再像过去一样的刺眼。

蝉还在嘶叫，在高处大概体验到了凉意，叫声里有着悲伤。

秋天的声音，还在时间里延续。

风贴着地面遇到了一块广告牌，这是陌生的，广告牌上印着一个巨大的美女头像，风经过时，发出惊悚的呼呼的声音。

几只鸽子扇动着翅膀，是无声的，它们的羽毛上披着秋天的阳光，划过时，秋色的天空有了手工编织的痕迹。

农家的镰刀已经磨亮了，一场收割就在眼前。

卧 床 读 书

冬天，早晨醒来，我喜欢躺在黎明的光线里读书，这时候我是安逸的，头脑是清静的，早晨的阅读使我选择尽可能带有诗意的文章来读，这些文字将带给我一天里的感觉，因此我的床头常放着这样的一些书，每天睁开眼睛的时候，伸手就能拿到。这是一天的开始。

有时，读书时间长，瞌睡又上来了，便躺到被窝里重新睡去，这叫回笼觉，一觉醒来时间已不早了，然后再读，这样早饭就省去了。然而最奇妙的是，曾经有几次在梦中和书中的爱情情节融在一起了。

躺在被窝里读书，最早是从我小叔那里看到的，他是一个农民，在家里又是老小，每到冬季农闲时，就躺在床上看书，然后我奶奶就把早饭端到他的床头，我那时还小，就在被窝里焐着也不起床，有时，把他放在床头的书拿起来，找里面的图画看，一本厚厚的书里，插图也没有几张，我就用笔在这些图上添线条，譬如给人画上眼镜，把人的脖子画到树枝上上吊，小叔发现了，也奈何不得。后来，上高中了，正是头悬梁锥刺股的时候，早晨一醒来，就坐在床上，摸到书看了起来。或者冬天冷，晚上早早地上了床，坐在床上焐着被子读书，我的伙伴杜兴华也是个躺在床上看书的人，但他更绝，他可以头枕在枕头上一看半天书，我可没有他这个功夫，他说躺在床上看书记忆最快，但我在各种增强记忆方法的书籍里没有看到这一说。

躺在床上读书，不光是百姓的爱好，据说，毛泽东也有躺在床上看书的习惯，他的床上半床是书，倚床可读，但伟人躺在床上读书肯定跟我们百姓不一样的，服务人员会各方面都照顾得很周到的，而我们只有讲究着了。

躺在床上看书一直保持着，有了女儿后，有一次我看到她也拿着我的一本书在翻，女儿还小，不知道书的正反，更认不得字了，我笑着问她，你这是干什么呢？她说，看书啊。这一刻使我省悟，一个人的言传身教对小孩子影响之大。

今年，我回老家过的年，初一，去小叔家拜年，看到小叔还躺在床上看书，看见我来了，一下子从床上跳下来，看来小叔这个毛病也改不了了。

躺在床上读书，终究是懒人的做法，但有一个好处，用的是脑子，腿在床上闲着，如果一起床了，烦琐的事就缠上来了，腿也就走动了，思想也就静不下来了。

章克标在《文坛登龙术》中幽默地说，文人是需要懒惰的，因为懒惰而得到了种种便利，他可以早晨一直躲在被窝里，文人愈懒身价愈高，这样说来躺在床上读书也算一条，不禁莞尔。

这么多年，我的许多书都是在床上读完的。

一支笔的述说

我把笔落下来，落在这张纸上，此刻，我的心情与窗外的云是那么的远，中间的距离被一层光阴、一层尘埃、一层喧嚣阻挡着，我坐在这六楼的窗户后面，一张小小的书桌，像枝头的一个巢，让我栖息着。

天气预报说，北方来的冷空气，将于今夜到达淮河流域，然后，受它的控制，全省气温将下降 7 到 8 度，也就是零度以下了，而现在，我这儿的天气却依然是热热的，阳光把窗外的楼房，似乎要照得透彻。

我的眼睛跟随在阳光的后面，一路的旅程，减少了许多阻碍，被阳光追赶的人，是匆促的，追随阳光的人是紧迫的，与阳光在一起行走的人，是稀少的，更多的，却是人与人在一条道上拥挤。

我已好久没有经过一场冷空气了，在冷空气来临之前，我去市场上买了这支笔，我要在今年这最后的一片热度里，在我的身体周围还是温暖的时候，写下一些东西，这些东西是没有经过寒冷的，带着我的体温。

承载这项任务的只有文字，它们成群结队来来往往，一个文字就像一个小小的蚂蚁，可以搬动比自身重数倍的重量。

一张纸它不能逃避，它不能拒绝，因为它是大洪水来临之前的那只木舟。

写了好久，我总觉得还有些东西没有写出来，什么东西呢？我把笔拿在手中，像一个农人手里拿着一把农具，面对空荡的田野，找不到收割的庄稼。

笔在我的手中慢慢沉重起来，一支笔它不愿和一个思想贫乏的人生活在一起，但是我不忍放下手中的笔，我的手指紧紧地攥着它。

一支笔，我用了这么久，还是第一次感觉到，它从孕育的那一刻起，就携带着上帝的基因，它是替沉默的人说出沉默，替邪恶的人说出邪恶，替善良的人说出善良……它的身子会在吐出最后一滴墨之后被遗弃，但它在纸上留下的印迹，会使上帝看到一个人的心灵。

一支笔，在我的眼睛里挖掘，越来越深，就像矿工在岩石里挖掘着的巷道，我的眼睛再也藏不住一丝秘密了。

　　夜色，在慢慢浸染过来，它想用墨把这个世界涂成一块黑布，但一盏灯的光芒，使它产生了麻烦，它的颜料怎么也涂灭不了深夜里这唯一的一盏灯。

梦见与叙事

黑 暗 纪 事

阿巴克斯王国是一个伟大的奇迹。这个国家中有一个名为哈尼森的省份，一直笼罩在黑暗之中，没有一丝光线。没有人看到过或听到过其中的情形，也没有人敢进入这个地方。然而，这个地方有时能听到人的声音、马的嘶鸣，还有鸟的叫声。

人们相信那儿有人居住，但不知道是什么人，而且认为黑暗的产生是上苍的奇迹。

——〔英〕曼德维尔《曼德维尔游记》

我坐在屋子前，等待着心爱的人到来。

没有光亮，但我能从来来往往的脚步声中，听出她的声音。

我在屋前屋后种下的黑色种子，开出明亮的花来，它们在黑暗中像星辰。我拥有的明亮越多，证明我越富有，这是我们这儿的习俗。

我坐着的身子，在黑暗中，发出轻轻的响声。

打开的夜色，青春湿润，如你的长发，散乱在我的膊弯间。

一辆拉土的重型卡车，拖着黑暗在路上奔驰。

手边的夜色是孤独的，拂不开的忧伤，像花朵开在寂寞的枝头。

那个小女子，穿着时尚的衣服，戴着一副小眼镜，头发高高地盘在脑后，她从外地来到我家，坐在灯光下，和妻子哭哭泣泣地诉说着到了更年期。

风，在黑夜里卷起，有着正气、力度和重量。

黑夜是一块锈蚀了的钢铁，在狂风中越磨越亮，直到呈现出锃亮的锋芒。

风在早晨熄去，像一个壮士，腰佩着利剑，涉水而去。

我没看见他的面庞，但看到了他壮士的身影，和留在水边的脚印。

我在这黑夜里静坐着，

我想要把面前的黑暗，转化成满纸黑色的文字。

我静坐时的身影，是孤立的，是在黑夜另一面行走的人，黑夜增加了旅程的艰难。

纸上的空白，发出响亮的声音，一朵花开放在晨曦里，鲜艳的红，浸透了黑夜的苦难。而我抬起来的面庞，布满了黑夜的斑痕。

想说的话，都凝固在夜色里。

夜色会变成一块石头，沉默着，直到晚年，做成我美丽的墓碑。

我的黑暗是戈壁滩上裸露的石头，黑色的，低缓的，无边的，像焚烧过后的痕迹。

虽然是低矮的，但它们一样是岩石组成的，有着坚硬的骨头。

我的黑暗，是原始的，远古的，荒废的，但它的内里是明亮的。它在等待着一场雨水，在发黑的雨水里，冲刷尽它身上的尘埃，直到露出它的光泽。

今晚的夜色，是水乡的夜色。它是植物里的果实。

这是洪荒时代，植物阔大的叶子覆盖在水上，叶子四周长满了毛刺，令那些食草动物望而却步。

它无须选择，只要有水，就能生长。

它开着艳丽的花，这种花比美人更令人销魂。

它结出的果实是尖锐的，它面对的是洪荒，它需要在空茫中寻找到一条缝隙。

它里面的种子终于挣开了壳的束缚，黑暗在风中，从坚硬的果壳里落下：一粒，二粒，三粒……

黑暗啊，这种植物生长出来的空间，让我们剥着果壳的双手，鲜血淋漓。

黑色的头发。

黑色的眼睛。

黑色的废话。

这群人从各地而来，如洪水从山坡上滚落而下，聚集在一起。他们坐在各自的座位上，发言，瞌睡，疲惫，无奈。

窗外的夜里，是一片沸腾的工地，那些工人们还在泥泞里忙碌着，他们弱小的姿态，快要被黑暗强大的魔覆盖住了。

黑夜更加的黑了。

窗外的黑头发与窗内的黑头发，搅动在一起，组成今晚的夜色，一半是黄色的汗水，一半是苍白的汁液，在荒草丛生的小河沟里流淌。

城市里，无数的灯光亮起来，它们聚集在一起，像一群群浮游生物游动在黑色的海面上。

列车拖着强烈的灯光狂奔着，它是一条巨大的鲨鱼，在黑色的海水里游弋。

夜晚是混乱的，千古的秩序已被废弃。

一盏绿色的灯遗失在马路上，像一张白纸，踩满了肮脏的脚印。

眼睛在反复地粘贴，删除。

"由于停车时间很短，请旅客不要下车，以免耽误你的旅行。"

夜色从打开的车门涌进，有着异乡陌生的味道，使人沉沉欲睡。站台上的一缕光线，漂浮着，是远方守候的情人的眼神。

停下来的列车又一次被谣言涂满了黑色，然后，轰鸣着开始离去。

我要用手撕毁这黑暗。

它与我签订的一切合约都是欺骗的。我要把黑暗里深藏的那双眼睛挖出来，把它丢到火焰里烧毁。

这黑暗太深了，比罪恶的心灵还黑，现在，我凝视着它，在巨大的寂寞里，握紧我的拳头。

这里原有一条熟悉的小路，已被黑暗淹没，为了到达彼岸，只有根据平时的经验，行走在思想的深度里。

异地的黑暗，在时钟的指针上挂满了蛛网。像章上的光芒，已被侵蚀得屈指可数。

太遥远了，距离在鞋子里像一块小石子一样硌人。

最大的障碍停滞在身旁的陌生里。刚刚离散的女友，气息还在飘浮。

寒冷的街头，偶尔还在响起爆米花沉闷的声音。黑暗里的一粒灯火，是她映在夜晚的身影。

黑暗在晃动，从高处，一点点地向下。悬崖上的岩石，也开始松动。

它们的外表虽然完整，但它们的内里已开始崩溃，它们在一个小姑娘纯洁的凝视下，像春天的冰雪一样融化。

黑暗，在一点点地到达底部，那里是它们的坟墓，罪恶、丑陋和阴暗都将被埋没。

这种纯朴的颜色，经过无数次的燃烧，现在，呈现出无限宽广，

没有任何杂质，

没有任何色彩，

它的到来让世界从喧嚣中沉静下来，变得宁静安详。

黑色在此时聚集在它的底部，漫长的时间夹杂着远古的生命痕迹。

黑夜在孕育，掌中一粒细小的黑色，等待着被突破的瞬间。

黑夜在洗涤着，被灰尘覆盖的灯光，变得越来越明亮。

把所有的东西抛弃，最后空空荡荡就是黑夜。

黑夜是离家最近的一条路，它可以带你回去。

城市里的灯光是用黑夜喂亮的，乡下的黑夜是纯棉的，它宁静、温馨和古典，在一棵树上栖息的乌鸦也是如此。

剩余的空旷在凌厉的北风中，被分割成一块块石头，堆积在偏僻的一隅，成为一堆障碍。

黑夜，是三个穿着黑衣的男子，并排站在我的窗口吟唱——

一个轻吟，

一个高亢，

一个平缓。

他们唱着黑夜咏叹调，叙说着快乐与忧伤、希望与绝望并存的双面黑夜。唱到高处时，三个声音合到一起顶上去，变得完美而舒畅。

他们黑色的胡须抖动着，

他们黑色的燕尾服笔挺着，

他们黑色的皮鞋锃亮着，

他们黑色的头发，像一头小兽的皮毛有着锃亮的光泽，

他们黑色的喉咙深处，隐藏着一双双明亮的眼睛。

我坐在窗前聆听着，窗外的空间是宽阔的。深夜的颜色是冷调的，这纯粹的黑色汲取了所有的光芒，陪伴着我，在太阳升起后悄悄地离去。

疼痛的黑暗，在病榻上呻吟，病菌已侵入它的躯体里，在城市的上面，腐烂出一块巨大的洞，并有恶臭流出，没有什么药物可以医治它的病情，它的疼痛一天天加剧，它经常在短暂的停息时，回忆过去身体健康时的美好时光。

疼痛被一个老妇人听到了，她善良的心为黑暗忧愁，她一遍遍地自言自语，安抚这个可怜的人。

日子慢慢地流逝，好多天了，黑暗再没有了呻吟，这场宁静让人发疯地想敲击铁的器皿。

雨水滑过枝头。

我发现了这个黑夜，它没有开放出花朵，现在重重地落下，明天醒来成为一片泥土。

黑夜里我还想起你的名字，你的足迹轻轻地从中穿过，像一只猫的脚步踏过房顶没有声息，我还坐在这里，想象着树木林里幽深的意境。

黑夜已悄悄地替换主角，除非我会逃脱或者你回心转意。

江北是雨天，江南是晴空。

在两块云朵的边缘，沉默着两张嘴唇。

黑夜里我将重铸一场光明，在最新的日子里选择和你见面。

把这个夜晚，从时光中拨亮。

有温度的手指，牵引着自己被驯服的身体。

白天里的一次碰撞，已在肌肉里凝成硬块，疼痛的深处有着她的眼睛。

劝善的书上说：凡心即神，神即我心。

包装盒上印着：轻轻地放下，小心溢出。

书的最后一页上写道：轮流公看，转送别人。

玻璃窗外的寒冷，连同夜色结成一块晶莹的冰。

黑夜醒着。

取暖器里的光，照着的是下半身。

夜色贴着水泥的地面在飞。冰冷随着它的行程在加深。

我的眼前不是水在摇晃，是女人的身体，路上的孤寂，使她的美丽，成为一株病态的梅。

每个夜晚都是相同的，但它们翅膀上不同的伤痕，成为我们区别它们的显著标志。

夜色加深的过程，就是它在衰退的过程，我想唤它停住，但它回不了头，它在离去。

它巨大的翅膀扫过我的眼睛，在我的眼睛里，染上了一层淡淡黑影。

狗吠声在夜的一端，像石头一样砸着冰冷的空间。楼群聚集在一起，高个子的，矮个子的，破旧的，时尚的，在拥挤中保持着沉默。

河水在穿城而过，白天里那个投河自尽的少女，引起一场轰动，现在河边已归于平静。夜色蓊郁着，它生长在肥沃的地带，无数腐烂的尸体，为它们提供了丰富的营养。

雨，在今夜落下，变成妻子临睡去的刷牙声，这种声音，是精致的牙刷摩擦着她细密的牙齿发出的。

那个男孩子，穿着雪白的风衣在马路上踽踽独行，这个刚约完会的孩子，他身内的青春激绪，浓郁如工地上的泥泞：混乱，黏稠。

那个少妇，穿着黑色的连衣裙，剪着短短的头发，在马路上大步流星地走着，她的嘴里在大声地哼唱着，这个神经病的少妇，夜色使她充满了激情。

公园的铁栅栏处，阵阵的桂花香飘出来，在清冷的雨水中，令夜色暧昧。

今晚的夜色献给你。

你的面庞呈现在我的眼前，我感到有一丝丝光线滑过我的额头，我用手抚了一下，但没有捕捉住。

这缕光线来自哪里？

——是我们在夜色里看火车，火车拖着长长的灯火，从桥上游过，我们的身边是秋虫的鸣叫和淮水轻轻流去的声音，茂盛的植物使接近地面的夜色更加深厚了。

——是我每次去你居住的小城，都迷失了方向，我把向南的窗口，总是看着向西，你一遍遍地纠正，我越来越迷茫。

——是你在我的身边，而我的身边又空荡荡的。

这个夜晚，一朵喇叭花在院墙上盛开着，明早就会看到那朵花中隐藏的语言，和你吐出的兰的气息。

夜，不在眼前时，是一份牵挂。

夜，装在脑子里时，是梦幻的代名词。

夜在打工者那里，是希望、机会、挣扎、冒险，甚至是死亡。

每当我写起夜色时，我总是小心翼翼，怕它受惊，从我的眼睛里逃遁；还怕冒犯了谁，我小心在活着，不想惹是生非。

或许，夜在我心的深处，是一种预感和一份忧伤。

夜，是城里的一部分，每一条街的尽头，都通向黑沉沉的夜色。

夜已经深了，寒冷和黑暗在背阴处一步步加深，决然，冷硬。

（刚才上网：昆明市有一个流浪汉冻死在街头。）

冬天里的这场寒冷，第一次侵上了天庭，使多日的温暖不堪一击。

她坐在深夜里，暖气在身边鼓荡，她眼睛里白的光，黑的光，都成了悲伤，她恨不得就此化掉，消失在他的血液里。

让阑珊的灯火溃败，再溃败，连同它们照见的无数人的影子，在深夜的黑暗中，凝固成肮脏的冰。

我能给你什么？

我在深夜里一遍遍地数着手指。

你是一粒种子，找一小块僻静的地方，朝爱情的深处开，朝时光的边缘开。

在这些想象之外，夜色安静了，梦想安静了。

此时，我猛地有了一阵眩晕，那是你在梦里，梦到了我的身影。

初秋清爽的夜色里，当我写到你的名字时，满屋子里都是你嘤嘤的呼吸。

我用吮吸的方式爱你，如吮吸一杯橙汁，一杯咖啡，如吮吸母亲的乳汁。如果此刻，你从遥远的地方漂浮而来，我会用唇，把你吮吸进我的身体。

在最黑的地方，你如花朵般怒放，明晨醒来，我的枕边落满你的花瓣。

冬天快要到来了，我把夜色垒成一堵墙，在幽远和宁静中，安放我们的幸福。

女人在大声的哭泣，喉咙里的柔软，被一只手攥紧变得坚硬，挤出的声音在旋转扭曲，瞄准了黑夜里最薄弱的位置。

如果能再增加点力量，她就能戳穿就能突围，在声音快要磨成锋刃的时候，又停了下来。

女人的哭泣在短暂的黑夜里反复，虽然男人没有说一句话，但可以感觉到，他就站在她的身边。

汽车发动了，亮着灯光走远。夜又恢复到初始时的模样，剩下最后的一块黑暗，慢慢被微光浸透消融。

我在黑夜的深处，弄出一些声音，使它的光泽，有了反复的折痕。

黑暗是柔软而光滑的，丢下的那块砖头，好久没有落到地面。

沉寂在转弯处，加大了深度，与我的食指不期而遇，相互没有避让，这是一场悲欢离合的老戏。

如果有物质可以与黑夜撞击，黑夜一定会发出火花来，因为，在它厚重的身体里累积着许多物质，这些物质在白天不能呈现，只能在黑夜里聚集。

黑夜取得了庞大的能量，它沿着自己的轨道，像一块陨石，在空间里飘浮。

不要让他们在夜色里，把熟悉的误会成陌生，把善良的误会成罪恶。

把夜色里的黑暗抽出来，剩下星光留给失眠的人。

到了这个时候，我已经有了昏睡，我的头脑里，黑暗正在上升。慢慢地，要覆盖住我的眼睛。

我坐着的四条腿凳子，又多出了两条腿来。

唯一的光芒里，有一条腿在摇动着，发出萌动的声音。

黑夜是一个巨大的肛门，又开始排泄，腐烂的臭味，弥漫在空间，没有人能够忍受这个富人的胃口。它的污染，使世间成为一场垃圾，无法清除的伤害，从恐龙死去的年代，一直延续至今。

影子在墙壁上，紧贴着身体，它害怕凸出后，受到伤害。

影子没有声音，它的宁静使得狭窄的空间更加狭窄。

一个孩子从梦魇中惊醒，大声地哭泣，灯光熄灭后，影子与黑暗融合在一起，安全而诡秘。

我是黑夜的一个异类，我总是睁着眼睛，像一只蚊子，在黑夜的耳边飞来飞去说它的短处，惊扰了它的梦境。

黑夜厌恶地，伸出手来扑打我，但常常打得自己耳光响亮。

而我是一个很快在黎明前睡去的人。

黑夜没办法呈现它，因为它比黑夜更黑，它是从天堂里失落的，它的名字叫黑天鹅。

它落在水面上，水面下的黑暗，瞬间把它吞没，没有一点风波，等待着明天太阳升起才能真相大白。

窗外又响起哐当哐当的声音，这是楼下收废铁的小贩，在往卡车上装货。他每过一段时间，就要趁着夜色，把这些铁拉走。

我知道这不是废铁，这是被替代下来的黑暗，它们会在高温里，融化成夺目的溶液，在另一个模具里，被铸成新的形状，重新出现在生活里。

梦也在躲着今晚的夜色，它的黑暗，被风吹得哗哗作响。

批评家的手指，在夏日赤裸的皮肤上停顿，黑暗打湿的面庞，在雨季到来的南方，忽隐忽现，让人捉摸不定。

这么冷的天，地上到处结了冰，滚动的火车，也失去了铁轨，在一个小站里停顿。

地上的风吹散了誓言，一棵树立正的姿势，久久地，在田地的尽头挂着冰凌。

月亮出来了，并没有一丝温暖，反而加剧了这场寒冷。

凌乱的脚印里，储藏着一个人，徘徊的身影。

这些颜色不是在画板上，它的廉价，让果子失去真相，使她的甜份，成为一种伤害。她的皮里包裹着深深的黑暗。

　　一条小径从枝头到达她的心房。

　　这不是行走的捷径，是一次意外的堕入，没有谁能挽救他，把他从腐败的生活里，还原成一个贫苦人家的孩子。

　　山路在盘旋，飘浮成一双眼睛。高度在一块石头的坚硬里，测量不出它准确的数字。年复一年，借助滚动的车轮，到达又失落。

　　她的面庞，隐藏在雪峰里，所有的洁白，照不亮夜色，暖冬的天气，也融化不了她心灵深处的坚冰。

　　舌头伸出来，在口外扩展成一场黑夜。

　　找不到一份证据，证明它的罪恶。

　　雨水里的泥土更加泥泞，松软的空间里，被告的眼睛在夜色里燃烧成灾难的火焰

　　饿饿饿——

　　茅草的屋里传出孩子们的哭泣。

　　黑暗堆积得越来越高，我站在它的顶端，可以看见星星如灯火，分布在街道的两边。

　　这场迷人的景色，使多少人沉醉。

　　我惊愕地发现，黑暗没有支撑的梁柱，没有承重的钢铁，它会像泥石流一样，在轻微的颤动中崩溃，冲毁一切。

　　我寻找不到堆砌黑暗的那个人，我无法阻止这场阴谋，黑暗仍在增高，危险越来越近，我只有选择逃亡。

　　身边的人骂我是疯子，我的恐慌演变成一场盛宴，余下的残夜，在一群呕吐者的肠胃里作短暂的停留。

　　我打着赤膊坐在夜色里，像悬挂着的一滴雨水，欲滴未滴的样子。

　　我的身上，印着上帝眼睛的余光。我坐得久了，屁股下的夜色凹陷了一块。

　　黑暗，这个劣质的材料，外表灿烂，里面灌满了黑心棉。

我离去的时候，夜色恢复了原样，像谁也没有来过，只有促销小姐的笑容，浮起在黑暗中。

雨水滴落在这个夜晚，清贫的夜色千疮百孔，没有一块完整的平面可供我选择栖息。

旅程在时光中再一次出现，在村头，一位空巢的老人，伸出枯瘦的手，要我手中的纯净水瓶。

我把瓶子递给了她，她高兴地迎着微弱的光线，倒着里面剩余的净水，细小的水流，经不住一缕时光的消耗，很快流逝。

她絮叨地说，我的孩子也喝这种水哩，他现在在广州打工，一年不回来一次，我们不喝这种水，我们喝自家井里的水，这个瓶子能卖一角钱。

我是一个陌生的旅人。此时，细小的雨水打在我的身上，我有了被粘贴的恐慌。

我朝老人挥了挥手，离别在一堵石头的围墙前。

外面是潮湿的，宁静悬挂在叶子上摇摇欲坠，灯光使它们有了微小的透明。那位卖菜的妇人还在马路边上，守着最后几束青菜，夏夜的虫子纷纷鸣叫着，一个婴儿的哭泣，坠毁在黑暗的天空里。

地面上流水流逝的痕迹还在，木头的电线杆上的寻人启事，生长出一朵微小的白色菌菇。没有一朵鲜花的夏季，只能深在窄小的空间里，倾听淅沥的雨声。

平静不了的水波继续滚动，时间像被拦截起来的大坝，淹没的植物开始在底下腐烂，水面上是清澈的假象。

黑色的夜就这样升起来了，眼帘里的空白，在老屋的拐角处被一个老人孑然的身影填涂，许多陈旧的斑痕脱落下来，成为一小片轻扬的灰尘。

黑暗在我的背后，发现轻轻的声音。
该来了，思想在经过白天的旅程，正在一步步抵达。
她熟悉我的窗口，我的面庞与黑暗混为一体，唯有她能分辨出来。
夜色开始变得真实，我的灵魂一点点浮现出来，在灯光下变形成一只匍匐的七星瓢虫，收拢着美丽的翅膀，等待着那一阵轻风吹过。

黑暗的边缘，是受伤后的伤口，孤寂中，光芒拍动着翅膀飞过。

我到哪儿去？

小城的黑夜对我是陌生的，街头，灯火璀璨，声音嘈杂，我眼睛里，黑的光白的光，都是清冷的。

迟疑的脚步几次和路人相撞。

黑夜在我的周围像饥饿的猎狗追捕着我，我感到恐惧和慌张。我不敢再往黑夜的深处走，我想返回，但黑夜淹没了来时的路。

时光已经荒芜，我孤独的身影将与荒芜融为一色，认识我的眼睛，已在今夜睡去，我的到来没有任何意义。

几个面孔在夜晚里晃动，减轻了灯的影子。

在一面幽暗的墙壁上，钉着一枚钉子，陈旧而空荡，如失眠者的眸子。

你可以来了，雨水黏着旅途，随着你的脚步，深入到夜的底部。

马路上流淌着北方来的冷空气，加速着秋天最后一层夜色，像一池清水慢慢封冻。

长江东路上的路灯，全都熄灭了。

车来车往的灯光里，偶尔掠过横穿马路者的身影，像飞起的灰烬，落在水面上，迅速消逝。

冷的风，把夜色冻得坚硬，一只黑猫从屋顶上蹿过，碰倒了沉重的一团，滚落到地面上发出"叭"的一声。

夜归的人，在路上，脚被黑暗踢得生痛，匆促的身影在意乱情迷的城市里沉浮。

夜色，如何磨亮他的眼睛。

我的身体，就是我的黑夜。

寂静而辽阔的空间，在伸出的十指上，展开多种方向。

我要行走的旅程，是一块流动的沙丘，浮现或者消失，都是危险的。

黑夜，以黑色为坐标，它们累积着重量，呈现出新的光芒。

我必须要保持对夜晚最初的激情。

夜晚再长我也不能疲惫，我要在古老而久远的黑暗里，不断捡拾光亮，哪怕是最微弱的一缕。

黑暗溢满了墙角的每个器皿，渐渐到来的白天，跳跃在我的眸子上，充满了金质的光芒。

今晚的夜色，是一个巨大的黑蘑菇，它从森林的腐殖土里长出，它的黑色素里，包含着太多落叶的影子，它壮硕的身体里，没办法分清哪是它的骨头，哪是它的肌肉。它混浊的汁液里，沉淀着过多的苦难。它隐藏在偏僻的一角——阳光要进来，森林里，不要再生长黑蘑菇。

在静寂中我又一次倾听到，灯光在寻找我的登登的足音，这种触角灵敏的家伙，逃跑已来不及了。

在它迫切的追索中，我似一颗石头，坠入了无尽的深处。

……在深处，蓝天正举行一场盛宴，白云、月亮、星星还有人类的梦境都云集在此。我不迷恋美味佳肴，我要寻找请柬中的位置，它是一只高贵的金椅子，左边是诗神，右边是爱神……

借助一盏灯的光芒，我往来于天上人间，因此欠了它一身的债务，它不会怜悯我因为贫穷而罢休。

她的声音，携带着星光从南方来，夜晚在她嘴唇的翕动中，沉重变得轻松，黑暗渐渐明亮。

一小片一小片，星光坠落的声音，让我倾听的耳朵失踪，我处身的空间里，每一座房子的门窗都向着南方。

南方使混乱变得有了秩序，在今夜的玻璃上，印出她的身影。

夜色使我漂起来了，小镇上的天空是手工的陶制品，古朴易碎。

我来寻找的那个人，像小旅馆里的被子，阴沉而潮湿得太久。

从满是雪花的电视里，看到一则新闻，大夫用机械手为患者手术，小小的伤口再不用缝合。

黑色的铁轨延伸在深深的夜色里，黑夜是只捕食的螺，从壳中伸出柔软的黏液的躯体，紧紧地包裹着它，像吃掉一棵草茎一样吃掉它。

列车亮着雪白的光刃，呼啸而过，黑夜破碎的尸体飘浮起来，在城市的一角，使一双失眠的眼睛，充满了惊恐。

夜深了，候车室里患上慢性病的灯光，洇着蓝色的倦意，一排排黄色的长椅，海水般瞬间掀起了巨大的波涛，从椅背上露出的几个头顶，像几块黑色的礁石，坚硬、凝固，没有生命的迹象。

一列火车从窗外轰鸣而过，随后的沉寂，是无边的冷漠和空旷。

一路柔情的时光，在这里凝聚成寒冷的冰凌，洁净的水滴，拉长了它记忆的轨迹。

没有谁能找回他了，他的身影已融在黑暗之中。

你大声地呼唤，大声地哭泣，它都没有回音。

你用手指在坚硬的黑暗上一点点地抠，直到鲜血淋漓，才能找到一丝他的踪迹。

你不禁掩面而泣。

黑暗，你们从每个盲人的双眼里走出来吧。

大洪水已经退去，上帝不会再说要有光，你们走出来，我们给你们准备了一块肥沃的土地，如果热爱鲜花，你们可以种植，如果生活困难，我们给你们救济，如果要去河的对岸，我们为你们架设一座桥梁……

黑暗，你们走出来，不要让每双失明的眼睛，成为你们隐藏的洞窟。

告诉我，你今夜的心情。

夜的这边，黑暗越来越深，在风中起了细细的波纹。

鲜艳的色彩已经消失，我不想闭上双眼睡去，我盯着窗户，白天里，明亮的玻璃现在已不再透明，我的耳朵里幻响起你往日的笑声，轻轻地失去又归来。

神秘的刃，把黑暗的皮一层层削去，让我分外看清你的身影。

黑夜是我用过的一张张废纸，扔了一地。它们无序地在地面上累积着，每张上面都留有我的印痕。

我思想的越多，用过的黑夜就越多，黑夜已无法还原到原来整洁的册页

梦见与叙事

上，它们只有被我弃下后，被回收，才有重新诞生成另一张白纸的机会。

车子在异乡的夜晚一路奔驰，交会的灯光划破黑暗，闪出路边孤立的房屋、沉寂、黑暗，然后又迅速消失。

无尽的黑暗在车窗外追踪着粘贴，使身边的玻璃成了一面镜子，一抬头就看见我无瞑的眼睛，疲倦、凝滞和宁静。

远处的几粒灯光，是阳光下一块石头上偶尔闪亮的几个晶体，打开了却一无所有。

我在这个熟悉的地方住得太久了，我要逃避这些陈旧的黑暗，要在一片新鲜的空间里，

与那些陌生的夜色交换思想。

火车一路铿锵地奔驰着，把我搬运到了遥远的异乡。

异乡的夜晚，在灯光下呼出同样的味道。

黑暗诞生于同一个母体，而我的逃避是多么的徒劳。

今晚的夜色，能否来得晚点，让我在傍晚的光线里，看一看广袤的田野和片片的农舍、周围落了叶子的树林和映着天空的池塘。

我没办法带走它们，我只能站在高处遥望。

夜色慢慢地收回在大地上放置了一天的物什，然后重新洗涤修补，直到明天，才能把它们重新放回到原来的地方。

谁在外面用力敲打我的门，这扇破了的门，我用黑夜补着上面的窟窿。

敲打的声音急促起来，门扉开始颤动，使我担心那块黑夜掉下来，露出背面白色的光芒。

在城市的河边，撑起了一座座大排档的帐篷，里面的灯光，把帐篷照成一只只红色的巨大的喉咙。

没有客人来，摊主们就坐在寒风中守候，他们黑色的身影倒映在水泥地上，庞大臃肿而触目惊心，如久治不愈的炎症。

黑暗和雨水一起降落在土地上，土地沉默地接受着。

泥泞和冷风，一起制造着苦难，使夜色变成了无边的沼泽。

醒来的人站在土地上，看着远山黑黢黢的身影，在漫长的深夜里，他用力挺直着脊梁。

我想寻找一个新的角度，看看夜色的面庞，但夜晚从每个角度呈现出来的都是黑暗。

接近它内心的捷径，是我伏在灯光下的身影。

是什么动物，在黑暗的边缘啃食，发出窸窸窣窣的声音。

以黑暗为营养的动物，它的生活习惯一定是昼伏夜出的，它的血液一定不是红色的，它身子里的力量一定力大无穷。

只有黑暗能养活它们。

黑暗，今天被啃食过的地方，明天又生长得和过去一样。

月光、灯光、汽车红色的尾灯，

工地上的嘈杂、孩子的哭泣、女孩的歌声、狗的狂吠、窨井盖子被盗走，

广场上放飞的风筝闪着明亮的灯光，让人联想到 UFO……

这些东西累积在一起：混乱、无序、怪味，在城中村窄小的巷道里，像波浪一样起伏流动，无法停止。

我时常在夜色里盼望两个梦的到来：

一个是在梦中见到我的父母兄弟，他们生活在故乡，都是勤劳的农人，庄稼地里的劳作，使他们骨节粗大，头发蓬乱，身上没有一块赘肉，他们是我想见的人。

一个是在梦中见到我的情人，她皮肤细腻，眸子润泽，我想与她在宽阔的树阴下，拥抱接吻并情不自禁地宽衣……她的呻吟，会揭开蒙在我生命上的尘垢，我枯萎的思想会因此而遭遇春天。

多少年了，夜色常常捎来的，都是些我不想要的东西，这些枯燥而干瘪的东西像被嚼过的口香糖，吐在地上，一不小心就粘住我的双脚。

零点的时间发出一声清脆的断裂声，像一块冰原从南极的大陆架上崩溃，然后滑向无边的海洋，很快就会消融得无影无踪。

远处高大的楼房黑沉沉的，我张望的眼睛看见一块黑夜像一个断线的风筝，悬挂在枝头上飘摇。

对面人家的灯光关闭了，一同消失的还有女人的面庞。

雪在黑夜里狂奔，它们的身后划过一条条明亮的痕迹。

今夜，每片雪花都膨胀着同样的热血，它们在漆黑的夜色里搅动，要用自己弱小的身体，使黑夜变白，使白更加纯洁。

在这个雨季的深夜，我看见夜的眼睛，它的黑色里隐藏着无助的忧伤。我拒绝拯救它，我和它没有共同的语言。

它栖落的枝头曾是我青春的梦境，它巨大的翅膀曾覆盖住我的光明，让我在黑暗的地窖里，一次次折断脆弱的目光。

它失望地望着我，它没有想到，一个曾被它奴役过的人，现在却有了如此炽烈而明亮的眼睛。

黑夜垂下被雨淋湿的羽毛，破败、沮丧、不堪一击。

我没有去攻击它，我用自己的鄙夷，听它在衰老中呜咽。

把今晚的夜色装进缸里，深埋到地下，让它发酵，十年二十年后它会变成什么？

它肯定还是黑色的，只有星星会更加明亮，会在另一个童年的眼睛里，荡漾出天真无邪的涟漪。

这是一只爬行动物，它在夜幕下行动，无声无息。

路对于它来说是无所谓的，它嗅着黑暗的气息前行，它所有的爪子，都紧贴着地面，如果站起身来，它就会有生命危险。

它缓慢地爬行，它在太阳到来时，在隐蔽的缝隙里睡去，第二天，在干干净净的地面上，没有人知道它昨夜里的行程。

我已接近梦乡，梦乡的房顶落着一层薄薄的积雪。

积雪越来越薄，变成一双翅膀在阳光下悄悄飞走了。

这时，村子里，还是青色的瓦，红色的砖墙，上面落满了风尘，只是里面多了一双游子眼睛怀念过的痕迹。

有一粒火种被我忘记了很久，直到在黑暗中，在我的夜路上闪现，被我记起。

我惊喜地看着它，它的身体在黑夜里，呈现着翻滚的热情，像火焰般在夜路的两旁舞蹈，光彩夺目。往日的挫折、委屈和冷落，被焚烧殆尽，变成了光芒的一部分。

我热爱这粒火种，我想俯下身子拾起它，但它不能跟我走，它随风飘逸的光芒，是智者的眼睛，只有在黑夜的田野上才能找到它。

黑暗越来越浑浊，因为城里的下水道朝里面排放着污水，人们白天忙碌，夜晚需要休息，没人来关心这事。

黑暗的深处开始缺氧，许多游动的鱼开始跃出，挤在公共汽车里，成了一盒盒沙丁鱼罐头。

有一位没挤进来，它在岸上唱歌——美人鱼，因为她的白马王子还在黑暗的海里。

窗户顶上，有一块黑暗在蜘蛛网中挣扎，无声无息，它很快就会被另一只饥饿的小兽吞食。

每个形状都有一个深度，我的形状是人，我的深度是在头脑里。

我的孤独和屁股下的椅子粘在一起。

日程紧迫，即使现在是夜晚也要踏上旅程，

我不怕这初始时夜路上的黑暗，因为上帝给予我的光正好和这段夜路等长，我走下去，在黑暗消失的地方，就是一条船靠岸的码头。

夜晚是一头诚实的驴，这么多年来它驮着我的行囊和我一起默默地赶路。

我取得的每点成绩都是它驮来的，我身体里的每点痛苦也是它驮走的，我很感谢它，我抚着它黑色的毛皮想给它加点草料，夜晚轻轻地摇摇头。

它还要跟随着我，我们一起无怨无悔地走着人生的旅途。

它倾斜的姿态，在短促的空间里，陷入了巨大的恐慌，它在每一秒里，被手腕攥得紧紧的，没有了往日的通途，它只有放弃，年轻的身体，慢慢变得黑暗和绝望，在成为最初的一个权杖之前，它的愿望，正在春天庞大的树林里生长。

我用刀子慢慢地，削着夜晚的边缘，那些黑色在我的手指间像铅笔灰一样纷纷坠落。

一把刀子的锋芒，渐渐逼近黑暗的内核，它里面隐蔽的光亮，开始一个一个地呈现，最大的一盏灯是一只耳朵在深夜里倾听一只鸟划破长空的一声鸣叫。

我要在这黑夜写上几行诗句，然后才可以安心地睡去。

黑夜与我的几行诗句，是罂粟花与毒品间的关系。

黑夜的机芯已被跌坏，它再不能校准任何一块洁白。

我从地平线上挖下来，手中的镐重重地刨着，剧烈地震痛我的双臂，使我深深地感到这夜色的坚硬。

……这抗击黑暗的劳动，这抗击虚妄的疼痛，这抗击曲折的通途，这抗击死亡的拯救……

有些破碎的黑暗，如沉重的石块，它锋利的棱角割破了我的手掌。

挖下去，我无法停止，

我计算好的距离，它可以绕过每天降临的黑暗，一个废墟般堆积的深夜，然后到达明天。

贫穷的灵魂被富贵的躯体雇用着，白天里容不得一丝懈怠，只有在黑夜里才有时间各自出来走走。

现在，他们在街头聚集在一起，享受着自由与快乐，他们诉说着各自主子虚假的面具，语言里充满着嘲笑、鄙视和愤恨，但他们不能挣脱，因为贫穷他们要学会忍受。

黑夜在慢慢地退去，在清晨到来之前，灵魂们又要回到各自的躯体里服役，剩下的现场空空荡荡，仿佛什么也没有发生过。

左边的口袋里装着黑夜，

右边的口袋里装着白天。

左边的口袋被尖锐的黑暗，磨出一个个漏洞，在我行走的身后，常常漏下许多黑暗，影响了后来者的行程，使我充满了歉意。而右边的口袋装着的，是冰一样固体的时光，它一不小心就融化了，变得无影无踪，只留下一块湿痕让我悔恨不已。

这祖传的两只宝物，负载在我的身上，增加了我的沉默。

我不能说出来，因为两只口袋是两张嘴巴，真理掌握在他们的喉咙深处。

最初的一块夜色在屋檐下，是一只觅食的麻雀，振动着黑色的翅膀飞了出去，但它们的食物已被污染，它们越来越饥饿的身子里，充满了凝固后的坚硬。总有一天，它再也回不到屋檐下了，它会从天空中掉下来，死在觅食的途中。

在黑夜的掩护下，我悄悄地接近我崇敬的上帝。

我看到，他庞大的袍子里收藏着经典，使我充满了祈求，但他熟悉的面孔，又使我充满了恍惚，终于，我恍然大悟，上帝的模样就是我在镜子里看到的自己。

我在惊愕中悄悄地退去。

上帝不知道这些，他仍要在白天里，居于我的头顶，隐身在我看不见的地方。

这块破碎的黑暗，在土地里深埋了千年，它出土时的光泽仍然新鲜，身上布满了古典时代的饰纹，它是一块活化石，身上有着断代的痕迹。

现在，它陈列在博物馆里，供我们观赏，我们可以从它的身上，考证先辈们曾经生活过的情景，他们探险、迁徙、压迫，直到曙光来临。

黑夜失去了向导，它在广阔的田野上，陷入了深深的泥沼。

黑夜要在天亮之前隐藏好自己，那群野兽就在附近觅食，黑夜一不小心，就会成为别人的美食。

明天晚上它还会来的，包括我的情人，她们相互掩护着，来到我的床上，留下一股陌生的气息。我不可能，每天都更换新的床单，我们就在同一块脏乱的床单上，重叠着不同的姿势。

这是罪恶而危险的洞口，它的深处曲折狭窄缺少氧气，长年黑暗没有阳光，几个爱好探险的朋友进去以后就再没有出来。

我要堵住这个洞，使它不再张着噬人的大口，并在每个夜晚黑漆漆的颜色上，为每个英年早逝的朋友，刻上一块墓志铭。

时光是一本书，四十年前，我拿到它的时候，它黑色的封面，便有了深深的折痕，因为它是经典的，它已被翻阅得太久，里面古典的灯光已变得暗淡，剥落的地方已成为空白。

每次，我的手指在心动的地方停留，然后再接着下一页的阅读，古典的灯光重新升起，一次次照亮我的眼睛。

四十年后的今天，这本黑色封面的书，又多了许多折痕，我仍没把它丢弃，一次次把它重新装订起来，才使它没有散开，保存完整。

夜色深起来，远处一盏瘦弱的灯光，照不亮自己的身体，一只手还在迫使着它与地面贴得更近一些，恨不得要把它活埋了。

这只瘦弱的灯光，它一诞生就面临着太多的灾难，它的母亲根本听不懂它的语言，它失去了保护，只能在这个庞大的夜晚里，独自面对危险。

我不想在这纯净的月色里，听到她的叙说。

伫立在这方窗户前，我嗅到了她的气息。

从肺腑到肺腑，交替的呼吸浸透着遥远的忧伤。

我瞭望的灯塔，灯火已经熄灭，每户门扉，都关闭着去年相遇的人。

春天的夜晚，在一场细雨中清澈见底，行走的人，每迈一步都会踩着花的落瓣。

一只陶罐打碎的声音，在今夜听起来更加清脆。

时间已经到了边缘，没有什么能够阻止，另一场风波的来临。

迷恋得太久了，我已深深地陷入。

黑夜像一块镜子，照见我身体的各个部分，譬如我的心理病了，可以从黑夜里表现出来，我的胃病了，可以从黑夜里表现出来，我的眼睛病了，也可以从黑夜表现出来。

我不喜欢在黑夜里行走，我喜欢在黑夜里安静地坐着。

屁股底下的黑夜是黑色的，头顶之上的黑夜是明亮的，两种不同的黑夜，在我的身上交汇，就像黄河的入海口，黄色的水与蓝色的水泾渭分明，而最终又要混合在一起。

这些年来，我追踪着黑夜，像手拿长矛在追踪一头野兽，猎获它，我将成为部落里最勇敢的人。

黑夜，它的上面能开出花吗？

我守着这块黑夜像一个农民守着一块新开垦出来的土地。

我看到黑夜里的黑，是一片谎言。

没有风刮过，只有虫子纷乱的叫声。

我显得古老了，我的皮肤上呈现出的古铜色是黑夜的另一面。

黑夜在我面前展开着，我的双腿迈不出最初的一步。

我的身上破了一个洞，要移植一块皮肤。

我的皮肤是黑色的，医生从黑夜的身上，挖下一块来，移植到我的身上。

这黑夜的皮肤粘贴在我的身上，从外表上看，妥帖、完美、天衣无缝，但我的身体有着剧烈的排斥反应。

我皮肤的黑里充满着阳光、青春和词语的盛宴；而黑夜的黑却是死灰的，充满着痴呆、贬值和污垢。

如果不把黑夜的黑从我的身上赐除，我的皮肤将面临又一次溃烂、化脓直至威胁我的生命。

现在，我的身体上仍然存在着一个空洞，它在等待着有着同样基因的黑色来移植。

黑暗中，我听到了她呼吸的声音，它在废墟下的坚定是一株弱小的禾苗，沿着一丝空隙向外生长（我长久地坐着，我的身体充满了液体，是一个堰塞湖，有着崩溃的危险）。这样的黑暗是不该到来的，天空已经破碎，地面已经崩溃，每一个网格的空间里都需要支撑，都需要大家要一起用力。

雨水下起来了，古老的雨水，淋过恐龙的身体，淋过原始森林，现在，又在楼群中流淌。

废墟的底下，她把黑暗当成一块馒头，一点点地吃下去，她知道救援的人在外面寻找她。

黑暗，在一层层地揭开，黑暗，没有隐藏任何东西，它的坦诚往往让我们心存疑虑，觉得黑暗是否在欺骗我们。

我们老是说，在黑暗里什么也看不见，其实，白天许多人看似光明，可他的全身却笼罩着黑暗。

无边的黑暗，它们是洁净的，我们睡在里面，不知道它们在慢慢地消失。

黑暗，再深厚一点，她站在昏暗的灯光下，需要这颜色，遮去她脸上的皱纹和羞色。

她在此守候，像她老家街头的牲口，被经过的一个个男人，用色情的目光打量着。

她希望被一个男人看中，然后被带走，她明天的生活还没有着落，她唯一依靠的是这深夜的黑色。

黑夜在最初的一盏灯光里，露出一双忧伤的眸子，没有人注意，匆忙的行程里，两边的楼房都像比萨斜塔有了倾斜。

灯光迷离起来，马路上铺起了一层金黄。黑夜的眸子已从最初的一盏灯光，转移到最后的一盏灯光上。

它离我们越来越远，它的光淡淡的，已失去了初始时的柔软，在寒夜的风里，变得坚韧。

疼痛接踵而至，又随一盏盏灯的熄灭而消失。

她离去了，在低矮的天空下，呈现出的一缕光线比青春更加美丽。

黑暗，是从每个枝头上生长出来的叶子，一片叶子，一片黑暗，浓郁的黑暗底下是一棵棵茁壮的树干，为它们汲取着丰富的养料。

有一盏灯的地方，就是一棵树被伐倒了，那里出现了一个明亮的洞来，许多枝叶伸展过来，但已无法覆盖。

现在，黑暗的里面，每天不断地响起剧烈的电锯的声音。

黑夜，腐烂去吧，它被一个美丽的谎言包裹着，不能打开，一打开就散发出一股恶臭，应当把它扔在城堡荒废的角落里，远离我们的生活。

黑夜，它吞没了上帝赐给我的所有的光线，剩余的黑暗，宽阔无边，我深夜醒来的眼睛看到的只是身边的距离和我萤火虫般发出的一点自身的光辉。

打开的城门寂静着，城堡的墙壁上生满了苔藓，满城的报纸都在报道着昨夜发生的一桩情杀案。

火，陷进了黑夜里，这个千年的沼泽，到处布满了死亡的影子。火，从一株野草上一跃而过时，它是漂浮的萍，在水面上被风吹动着。

火，张望了一下，就变成了一块沉重的石头，在无边的黑暗里沉入下去。

火越陷越深，火不会呼喊，它只能拼命挣扎，黑暗得意地笑着。

火，奋力地一搏，它弱小的身子短暂地明亮了一下，像一道闪电划过黑沉沉的夜空。

那列火车在远处鸣叫，声音里有着沉闷的睡意，道口上的灯光黄黄的，可以看到被拦起来的行人和车辆，他们在默默地忍耐着它，从自己的眼前缓慢地爬过。

铁轨的尽头是工厂区，那根红柱般的大烟囱还在高高地矗立着，火车把煤从远处拉来，又把工厂区里的产品拉出去。加班加点的工人，每月拿着一千多元的工资养家糊口。管理者拿着几十万元的年薪了。最近，有一个头儿被逮起来，他生活腐化贪污受贿，厂里最美的那位姑娘原来是他的情人，单身汉们恨得眼睛发绿……

两条铁轨铺在地面上，几十年了，始终保持着平行，它从最初时的光亮，到现在堆满了陈设，内里的纷纭像数学里的函数和分数。

这个钢铁的家伙，它沉默着，把工厂和外面联结着，每天滚动着千万吨的重量。

没有风，飘不起来的碎片，凝结成庞杂的黑暗。

我的身体里渗出了汗液，这是来自体内的，体内的黑暗也是庞杂的，它们变成液体，从我的肉体里往外溢出。

没有风，最轻的一片也是沉静的。

平面的桌子，是我多年来行走的拐杖，它的上面堆满了书籍，空空的内里如空空的嘴巴，没有了说话的舌头。

黑夜降临，他们都从城市的各个角落回到这个院子里了——

三轮车的叮当声，

平板车的撞击声，

挂在自行车上的小喇叭，还在别扭地吆喝。

这些陌生的口音聚集在一起，南腔北调地说着话。

一个女人瘦得皮包骨头，怀里抱着一个孩子，身旁依着一个孩子。

我的窗口，每天傍晚都在上演这个陈旧的场景。

只有那个人磨刀的老人，坐在墙角默默地磨刀，把手中一块钝的夜色磨出了光亮，使我有了新的感动。

眼睛里的黑，倾倒成了这场庞大的夜色，它回不到我的身体里了，虽然，我身体里所有的空缺都是真实的，虽然我攀登过的高山，它的高度还在天空下守候。

我安静下来，我不能成为一个没有信念的人，即使所有的目光消失了，我也要寻找到遗址上的光亮，更换我眼睛里的黑。

它们在黑暗中潜伏，它们和黑暗是一样的颜色，它们会在黑暗的深处突然跃出，用强大的额骨咬断一根骨头，但我们不怕，为了到达白天，我们必须在夜色中行走，像动物在迁徙中要跋涉一条充满鳄鱼的河流。

黑暗它所遮掩的和它黑色细胞里充斥着的毒液，终究会在腐烂之后，被秃鹫吞下带到天上去。

这一层黑暗在吞没着另一层黑暗，它们都是同类，它们没有鳞片的身体，覆盖着冷漠、险恶与贪婪，弱势的黑暗被强大的黑暗吞没了，两层黑暗，相互诠释着，相互重叠着，变成了深渊。

目睹这一切的那双眼睛已经失明，没有文字记载，只有口头传说，黑暗仍在白天之后到来，使其他的眼睛，在凝视中显得十分慌乱，爆炸性的黑色里，许多虫豸在纷乱地飞。

它会死去的，它的又一次到达，已在破烂的天空中，呈现出深深的腐朽。

黑暗，在风中动荡，没有一根枝丫能够支撑住它庞大的身体。

在黑暗中逝去的祖先们，像佛一样站在旷野上，庇护着我们。

黑暗，在黎明到来之前，拖着赢弱的身体离去。

风卷起黑暗在墙壁上摔打，在电线上撕扯，在草地上踩踏……

风是从海上来的，带着腥的气息，但有着玫瑰的名字。

它与陆地上的黑暗，相遇在狭窄的楼群里，它们开始争夺领地。混乱的声音里，有着创世纪的混沌。

我关紧了门窗，平静地坐着，看着电视里的言情剧。灯光宁静，钟声清脆，有一丝风从门缝里逃进来，带着陌生和坚韧，像一片玫瑰的花瓣落在地板上，又像一片雪花迅速地消逝。

黑暗，在慢慢用力，像一把钻头在往坚实的墙壁里钻，墙壁的里面也是黑暗的，它们有着共同的基因。

黑暗，踏着田野上的一阵轻烟降下来，它高蹈的样子，在眼睛里是一片缥缈的印象，它要寻找去处，要在某个地方立住虚弱的身子，它唯有选中墙壁，墙的坚固或许可以给它提供一次机会。

黑暗，它夜夜躲藏在这里，贴着墙壁，就能听到它心跳的声音。

——白色的墙壁上，一个不起眼的黑洞像是黑暗，默默注视你的眼睛。

黑暗，你再黑一点，我可以从你黑色的平面中，找出光来，可以从被你涂改的小路上，找到我的情人。

黑暗，你再黑一点，我希望你是黑海里的死水，漂浮我沉重的身体，我希望你是俄罗斯辽阔的土地，让一列火车载着我，轰轰烈烈地奔驰。

黑暗里的妇人，她裹着黑色的头巾，孤单的身影，使街道两边的灯光，变得非常的弱小。

黑暗是一块平衡木，她行走在上面的姿势，孤独而优美。

妇人，走进明亮的院内，她的高跟鞋叩着水泥地面，发出动听的声音，她取下黑色的头巾，面庞呈现出盛开的罂粟花的模样。

被打开的缝隙、缩短了的距离。

这是非常危险的，战栗在黑暗中扩散开来。

黑夜就在身边，像一只猫守在门口。

闭上眼睛，在世界的边缘，倾听你的脚步声到来。

曳地的裙带黏着春梦，花落无语，踩碎光阴。

黑色的夜，再一次淹没了我。

我宁静的面庞是洁白的，我沉寂的心灵是透明的。

在开满鲜花的小径上，正绽放着巨大的欲望，迷离的行程里伸展着我拥抱的臂膀。

你的呼吸到达我的眼帘，并在黑暗中，呈现出逝去的时光。

在这个夏夜里想起往事——

夏夜的宁静，步行街上的身影，小饭店里微醺的面庞。

往事如风，在静止的时候，悄悄撞击我心。

挂在时光梢头的黄系带已经陈旧，我眸子里的期待，一天比一天坚定。

这个夏天很快就要过去了，经过炎夏的眼睛，更加清澈，犹如田野里的一池清水，被轻轻吹起涟漪。

我的皮肤上有着太多的空隙，许多东西从中进进出出，我感受到了但捕捉不到。

大屏幕的液晶彩电里，一个女孩子矫情地喊："我为什么要满足你？"

汗水滴下的时候，我看到草的葱茏。

我的兄弟在田地里抗旱，庄稼地里的炽热烧毁了天空。

今年秋天的歉收已使他们焦虑。

需要火，黑暗太干枯，一点水分早已被大风吹干。被占据的空间已经变得朽腐，里面隐藏着过多的虫豸。

需要一把火点燃，看它燃烧的烈焰，烧毁所有的陌生和污垢，使黑暗变得一片光明，在重建的空间里，一层层的边缘镀着金边。

阳台上的花朵呼吸着夜的气息。

平静不了的水波继续滚动，时间像被拦截起来的大坝，淹没的植物开始在底下腐烂，水面上的清澈是假象。

黑色的夜就这样升起来了，眼帘里的枯燥，在老屋的拐角处，被一个老人孑然的身影填涂，许多陈旧的斑痕脱落下来，成为一小片轻扬的灰尘。

夜，在雨水里变得冰凉，季节已经转换，土墙上的北窗已经封闭了。

田野里的那些花朵，没有遮挡，它们的美丽很快就会成为一场悲剧。

归来的人，脚步有了许多沉重，离家时的一缕皱纹如今更加深刻。

隐藏在泥泞深处的旧事，被来来往往的脚步，踩得清晰起来，使人不堪回首。

寒风，在简陋的屋里搜索，把最后一块抚恤金也掏走了。